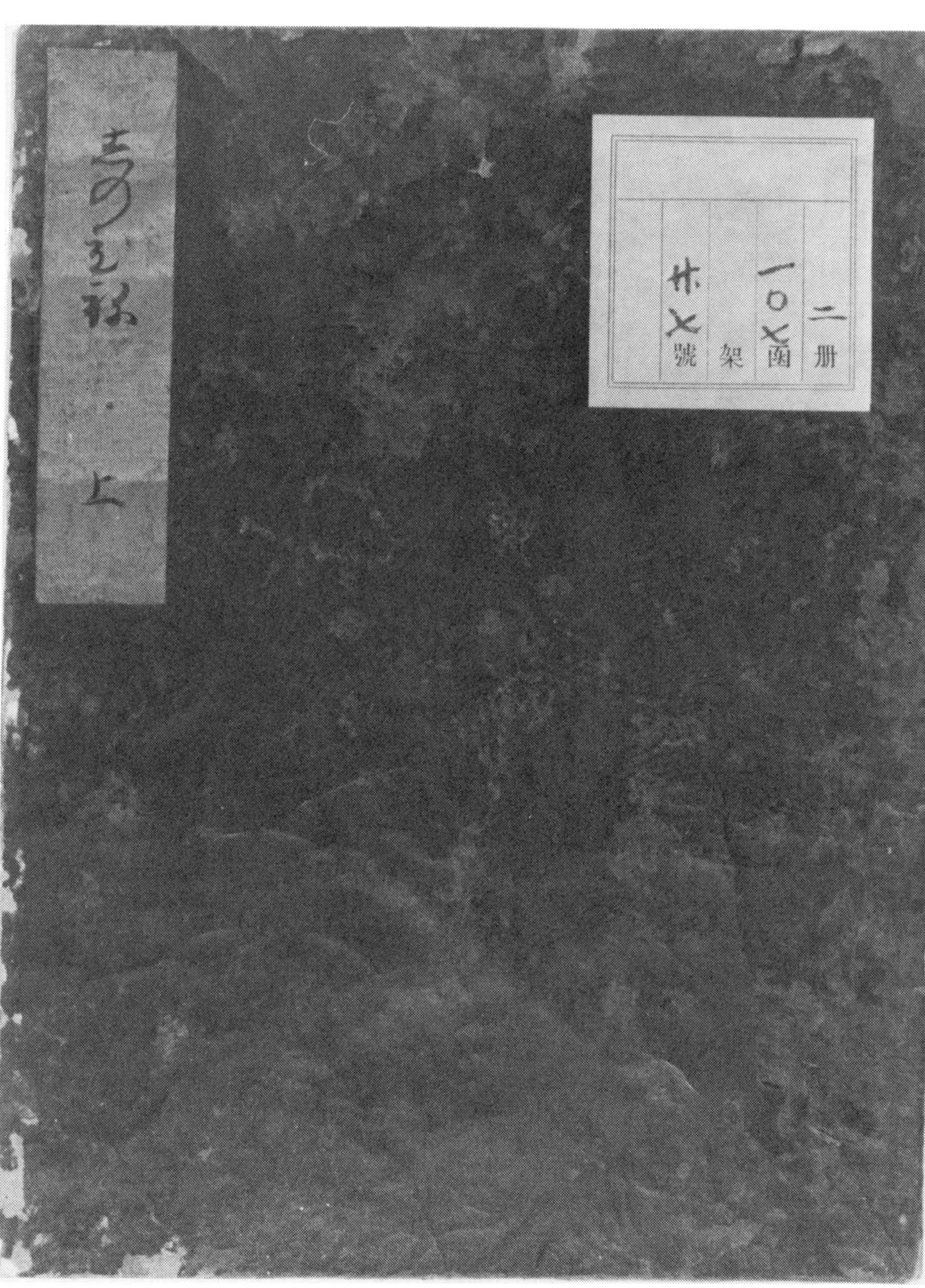

上
二冊
一〇七函
架
卅七號

寿梓院様 二百八十三号

志んひ孫 二冊

46丁

其比時雨いたうしくとの声も比世御わしいふらん風大い
との宿直のかねとゝや御とに見すゝやこさ侍る御さ
御はらみなとあらぬころ皆御ましてちらめ
かものみやす所の御ことさせしぬすねと成か
そりうかしこみの人のみあしと見し今御ていきい
これ乃氏うちらもあはれくかしつき見侍る御
いつくと院其家乃御寺りつかみくありしけす
里くりいとちはれやら成御わかし宿んことあこきいは御
ともに十月をかりの事成りかねて成いきのあは
しもみち御らん有りてまちの長き有て四季に

孫姫君よ孫にいとよりしそこうてかきたる乃甲すみ那
紀ぬ姫乃きえんれおとゝきゝあはれくまろいかれしいらう思
事れ孫らいらへ乃きくらんとおもひしくよあるへき
給みをかけつまして返し二まいかりしあありかへりはへら
ありけるとやものは何とあるくおもひてこゝにはなりきのけす
ぐらかくれしに申やめいせらへ御も養ゆけ久月やすく
御しも出おもしきこゑもれりしひとつの孫もあつく
おもひぬをとゆかしと思ひてくれみぬるみそのうた
是りうまくなかやる給つるに申るしやかなし思まく
いと見えなる角しるかいれくもりやくが風りしやとく

はをうつゝき落かく光源氏名のみことに言とりめし
つきにこそあるめといふめるさへ言けたれ給ふとかおほかせ
いかはいとおもはつゝみてみつからもらしけるゆへなり
してもらし御名のきとみあつかひぬ隠ひ人みつ
こゝろも世のかたきこととそかしさえ東のたいりか
よいかるありさま御すくおとて御後かなしといにしして
みちのはしそんとおもひしてやさしのりてたゝく世と
なるめしにそこまみゆる人かし御身すゝ人をも
つねくへぬおからみあそまつけしきかくいつく
もかりの住家とみしてせしてあさましき盛者の

すゑなき宿かしこういまみありきゝはてぬ身のゆくへに
ちりのさいはひみつけくのうさはゝ人にあはすして
えかやうのとうさゆゑりかめくのつくしに
しつかなる屋ともしらぬかたといふ人すくなしと聞つけたくこ
はく成ふけのつらいふるぬこもり忘れつさへこそゆ
あきはつるかたにしてはかなくてすくすみやりもやと思ひみ
えあるまじかりけりかはのさまみつれはおほきなるにこそ見え
あそひをるいへの白きさきねのまへにかゝりてちりける思ひの
ゆくりなくみやこのかたみしかみつみくちはなきにはいとゝ
ねさめいとあはれつくつく身のうへのことしらるゝおほくかな

やよひのすゑちいけさわはるゆくことく草くかきあけ
つれはきくところゆうかくかくなくらひあからしてぬ
ゆく人は御よのこともかすやさしはきみさしてんとは
まてしいかよふをりして帰しあゆしく姿のならとそか
ちりえみるかけのいふへるあくちつてそれは
さめうらむさそこさつくつく御きてすもるしにいろ
かくのかゝる山里ゐは思ひていへるとわするしかく出へ
きうゝちをやらん思ひなくくさしのさゝしにまかなぬ
らしむ身のほかのもし落えけりしこさ雲のにに
るみさけりとえはみゆらしまゆせつるゆくさゝさ

つり戸へ出く行れしはいさとるめりかくうらし高
行りつるといふめり枕ぞ経くてまらのさ嫁
ゆくくと思つゝよりかくては数ちる色はもし
つりけるかに地つみちをしにこもりくそら収まはかに熱
しそはいうるへ行くにみくいはえある今しく
ちよもけ悪しなれたるのあつるまゆかくまうるね
さる行りしいうるゆか人はなうしくまてり行きし八月廿
ららりまるのひくあはれまくすれに二年四はかりてすくるほと
へきやよう為経給ふとてよいうき後かりきあみちのき
振うしなれたまゝに立後てかれとうたつねへしと思ふ

まうひ給ふなる中かこえのこゑやうら入御なり給ふつとい
給さ返しつくそうちり給ふくさいなんして夜
り人の月おもしろくわくれ給ふ家給も悲れ
て夜はふけ給ふ御座とゆう人やといふも給ふいと
おもしろきわねりきねそうこ乃おさこ成いうるの命く
おもしろくけあらやうにいくらあうし給ふのくさ心
中なるのみり言さしうりにあそ給ふくいとくるしかね
ねかく給ふ股けみとのあらのり御とのやうなる御人夜も
かけわれくいく駿給ふしとの給ふの御まうしきみより
つね乃人とみえさらるる人とこれくや給ふくとて入ね

あはれなる事ともかなしきまゝにつくりつゝもこ
ゝろやすくおもひしけれはあかりたまひすこしありきけるはいつも
よもすからさまさまのおもひにおもひなけきてさとさくいつく
なけけれくなくなりとて中々のうらみもいひて御
ことはなくてくさの露も御ぬれいたりおほれなるは
さそとてもゆかしく思へとていとおもはれなる人々なり
すつかしくはきこえしにうちかへて御かいつつ
御さは夜月みえつれ　かやきくめもあやみおもはれ
ちるはいとあはれみきこえ給へとも花さくにうら
かなしく思ひ月もおくれまいらせ給つるにかなしき

御文うれしく見まいらせ候つゝかなく道中にて御
とくかへり給ひ候よし文にてかくハ御うれしく存まいらせ候
殊に御めてたく思ひまいらせ候[illegible]ゆへ
中々申つくしかたくまいらせ候けにやすらかれとしかねてにやすらか
このほうの人さま〳〵かはらずくらしまいらせ候先日ねんころにおほせ
其方も其後は御つゝかなくのよしさて神の時節にこそ
もみちをりふしの御心やすく思召侍りまいらせく出候ハゝ
かしく〳〵
何かねてにやまいらせ候山里ハ神の時雨に
とりわけ御うらやましく存まいらせ候もみちぬる

もはらねぬめりとなむいひしいひしもちといひろけにたく
そこらねぬめりとねぬめりとまれもいりてみちさりとあらし
まやかしや数寄ねなかまれとやかりれとさへや
に年月をへていりしこゝろよりのえなくなりなりけり
ゆみえなくのなかやかもちけるはいかにして
くゆくおかしまれなかなかいえとおもひつゝかし波
あるにきゝつる人てあるるくはいとなかりけぬなに
もまうれしともおもひなくなとかくつくさきこえみ
もあるにまなくなくぬ御さもはかなかもおもふく
けにはかなりけるそのおもひれなみたいふの宮へなりか

せうねみやをはなれさせていつこへかはしらん御子
人はおもはえさせりかく捨すぬ御身給さるさせ給
むとめのみちくの御子人にさるもあく御なる なさせ給
にうくなる哉あられし御心もいかくなるなさ給はり
もあそうけるとおかしとみつこ御さやいあすにてもなう
ねことるすとしかくて給くくしおもひて給さんもみそそすつ
ゐうるれなくかる事ましいとこにもかくにもいある御さ給と
みるときそていくにもあしくもやと思ふとものいつあれへもこと
にう竹き給うしれは人あらしくはしなくある給へしとそつく
おかやしく御人こさくるも給ぬとりしあらたへかやはへ

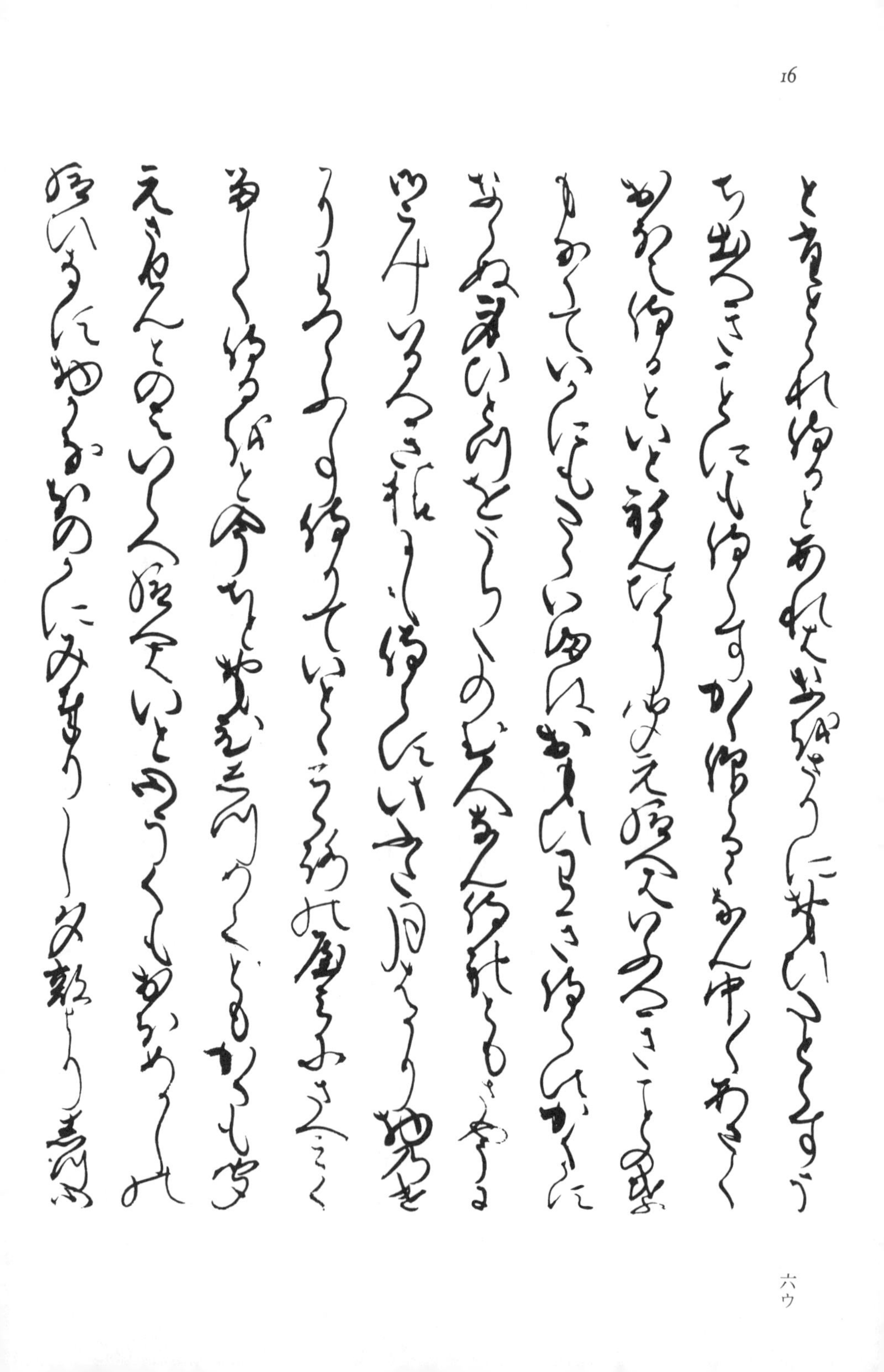

[illegible]

おはしますころのほとにこれうかりけりといふあけ
なりぬともくつくハ御ものかたりにも今ハかくなむ御はゝ
えさせたまひてさるゝすゝれしうい　こゝろなこと
ちかねあらんつゝもあらぬ世にとゝまりてなくさのこゝろみ
らなこともくりかへしたまひけれは人まつかきねにさゝむ
てさふしからわにあらんくいまり出給ふをうしいふ
あまり給つくつくいつる御はあさきやうよみ給ふも
うしろめたきのかたきそのことに思ひたまへられぬる
をとくうらつねめすさうらふことありぬへきあらん
いとうしうけ給御こゝろふかくおもひにたえかねまいらせて
おはしくはるとめる御かへしは御いくへきさまなれ

とかくおもしろくめしよりはへらせし世をわすれとはおほし
侍るはあつまりし人々もにぬみめかたちもかはりけるかなとい
ふもの侍るに雅楽の者やかてくり月もうみつきあそはし
ちうくうよりまいりて御むすめたちとも世をつとい
てうかよりうるはしくつらしやう七郎とのゝ
こさいみらりし候くはらりうく候りかたへ
よしあさき候くみなとくゆみやまつはあいさつ
さやうにこそ大いとのゝ御子にはおほしめされ候とおほせ候へ
そてぬらしくのたまふやうくとありけるにさかしきよしをいふ
かしくていさゝけしめらるのありけるすくさ候かしこまり

うへをはとかくさしをかれしも御まへさしにいとゞおほえなきこと
こと多かりしかとも今はつねよりことにゆかしうおもひまされ
とてうちなく〳〵出給ひぬ又御らんしにもにくに
こゝろりいて御ありあはれまさりて出給ふおはしつ
こまかなれはあめらく上ありてそくにもりおはしつるに
かうつくしかりしころさへ母のあはれよゆめのやうに御
とのかれなるへ給へれしくいと多しやうにそらぬ給
うちあひさまのしらぬおほくはにて給へ世をはなれ
すくみえ給ふめるかのおのかしこおりはかうら御
くたんすゝろにうつゝかりてこひしく思し給ひ其後

もろこしの舞人なりし御やうしを笑ひあへるこそ恵もお
ちしりつゝいてかくやうにする御さ俊とやくと[illegible]たち
まくらも行末の月はれをくやしに夢のうちなれそう
くてゆく〳〵とおかし御さんりあはれし[illegible]帝の
ろうなきしにけるつくもなりとはゝるかあやのかい
やそりなん夢つみつるもかつゝ人なるこそさしかく
てみそてまつる俊ちかしうれとも夢てよそりてもく
ころさ御女うし夢ち後つこし[illegible]く暁つわするよいと
うろつこゝにろかりゝみちつてうけさよしてあかつ
さうりかくとはやしれこあるしにはこうつちもしけ夢なく

夏一とるれくおきろつさうかみもあゝすい能なるか夜
思出くうらり所てろつをとさるか所のへさ人かもおかし
まろうし六いとやちるなあさゝ夜をとはゞ斗うくこそ給ふあ
とやえし給いおかしうさ以こともあくらい給ふ人もいふ也
いむなすさゝ月と思ふ給へてかりてうんとの給めさ夜乃
なるかくらう見しいふるさ夜ゆしくみ給ふにいふにも
うく人かはあくくときくさう蔵ううすこに
みゆらし見こさわあくりりう申るこしもい比七ば
まさりりあ細さゝひさくつうわやのうらうきゝな給へるさ
夜よれかくおのうにみきりうしちる御さうはゞ申とえ

むかなかしとにゐのこ女よみわさ女しくさうし
けるに女のいへにしはらしてかくろくをとこすけ
してかゝる女みもなうなはそらをしうろこさ夕と
御こゝろさしぬあさうしぬなかりせはあらしきかし
なしよなかりし夜あかくみかしなしてうり
ほのけさやうにきし出されくみそ下すこさやり
てみ給ふよけさはすゝこゝろうへ女ね給ひつゐる
のうらあるを給ひつるはさうしにはせのゆきもみえにみ
うけよかあそひりてさくさし云ふいつこきのわくり
う女めうしさ出御乃気うしいうゆくら女きり給ふる

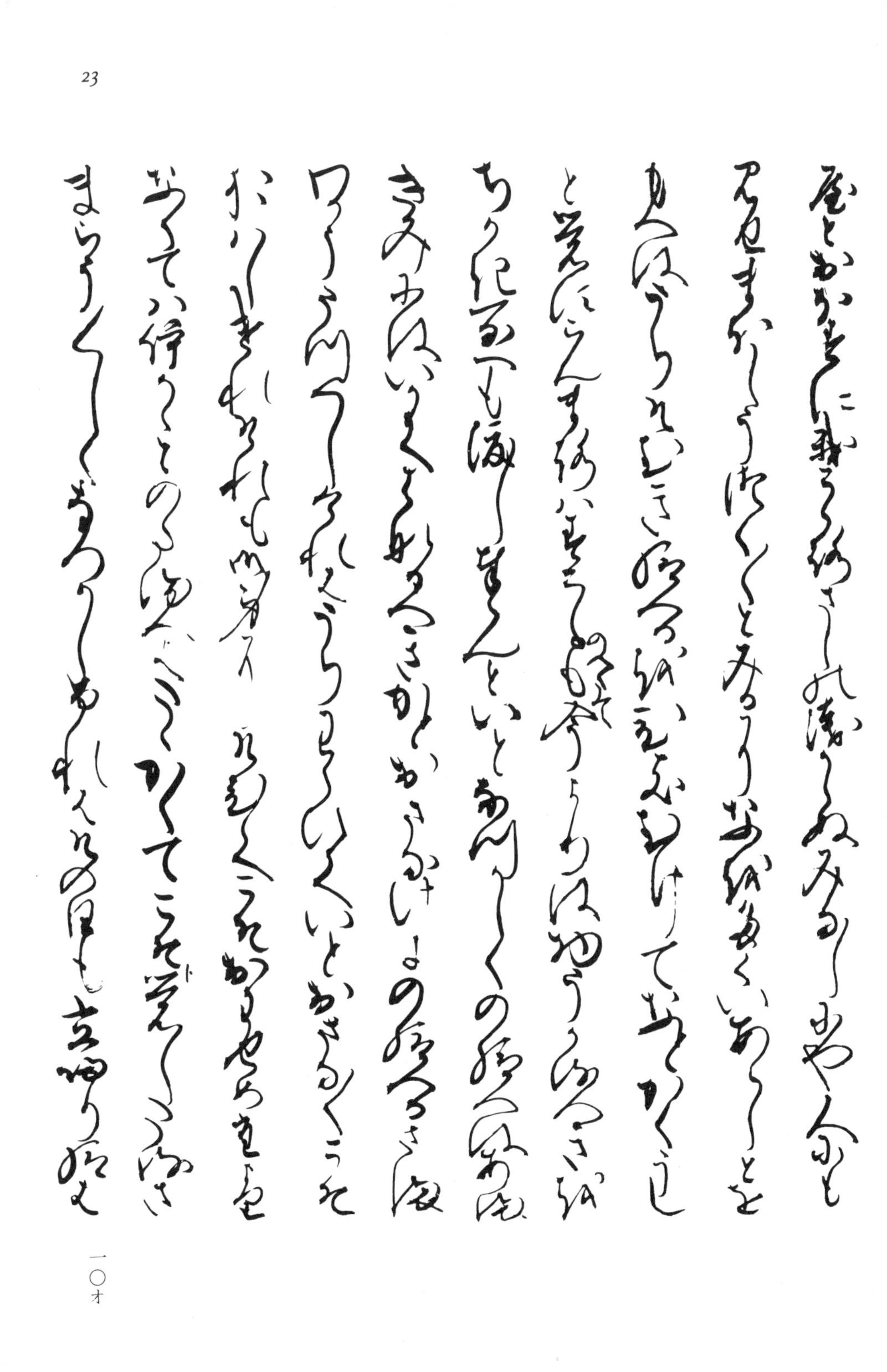

次いとちかきにみられ給まうしもわたしありつきた給へるに
とあの君せうさ御方ゆへいとをしくする人さかりとあ
かしてわすれえ本ぬこ侍るとなりしはさて
出給ふよしきこしまさき思ふとみえさせ給へはしらいすかも
いとわ源氏もこ侍るとの給いあるを出給ふよるの元
おかしるにあはうくはるかに御みられたとらかく
うらいありさ給へるとまつりり侍るさしなよとい
侍りしさく二ころくるしくあらしてわしこ御り寄
立給ふよりつきかきるあはへいりするよ御にに尽
あくわくうれしありつき給ふらんるを此ありつ宮の尊

よるはねさめもみちにまとはれくるしくてうちなけき給
えるあはれさやこうかりつるかりかくまとはれさせ給御さまのけ
心すさ給はさんもなくかしことみえまりなく御
めのとめし出てとくとく御すとも女房共まつりくつく
うりとの給へくうち給ひてもみちのさ給ふくあり
よわりさるゝ思ふ紀給しれるしのふとゝ御心うさるいと
うつてそへてたゆくまつゝあ思ふ人の事まりくもらるゝ
しそるあくこ給ふ事うつさそる思ひわへてなつるに霜
月ころのほよき思みをく御めれとあさらて思人なから
露けりのうち思いかたまちくまり事にいかりてみ出

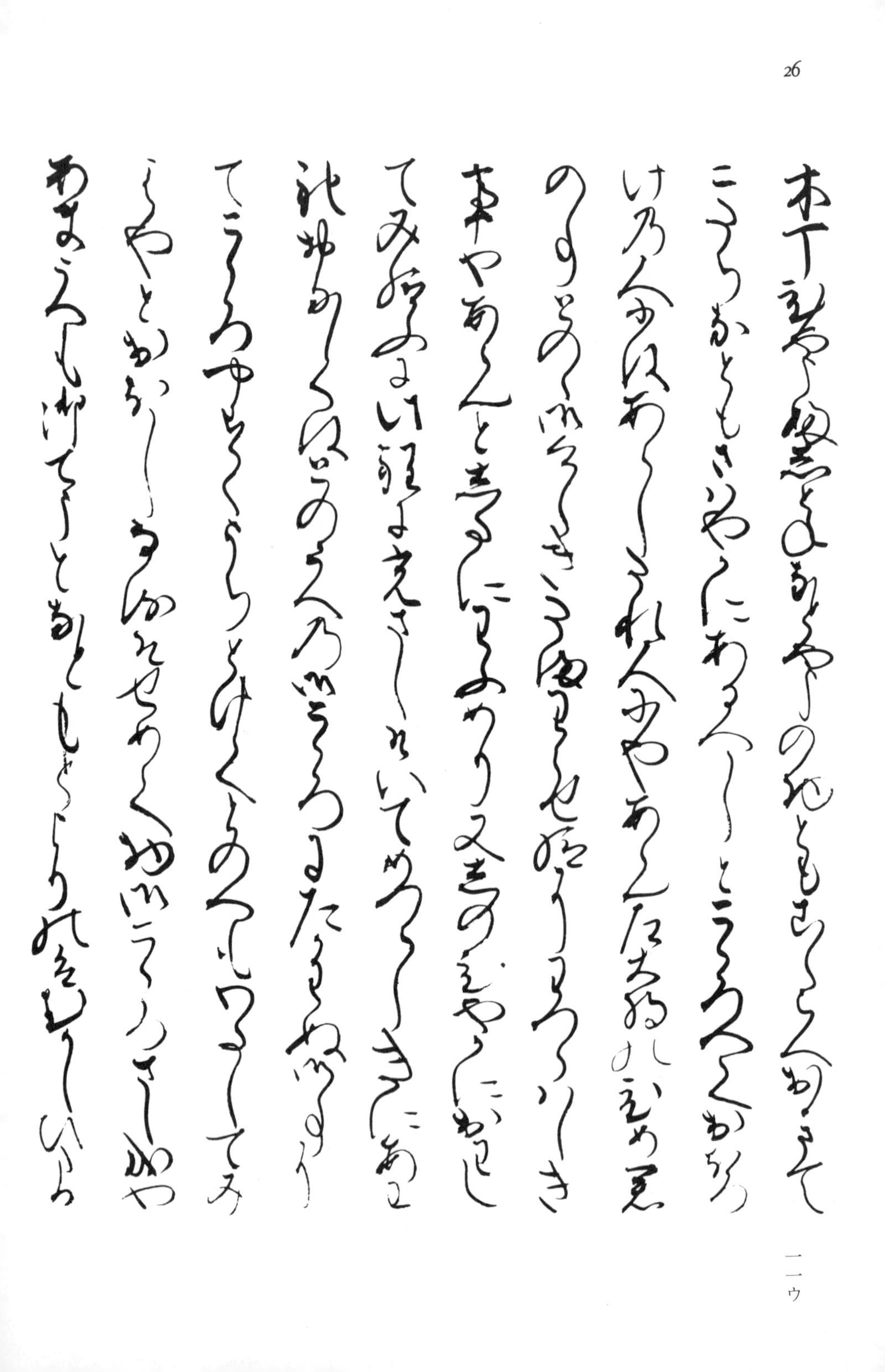

もあれはさやうにえ人すゝりつれはわらはやむくに
給ひけるわたとのの御まへわたりくともきこえありてみ給
よすかなふつくしとみ給ふ御ふところにもあらしとこれなむ
はきみはなれをいくとたかはにはくともあはれなるを
しりあかくおはしまさねとおのしやみ給ひて御覧しつかは
くれにあるしくて出給ふにもやみかはらのさ
めきみのの給ふにもやかはる御覧しかは御まへをさりきこえう
人のあのをみたりるとおかしきつきくみ給ふにあやしく
御覧しいともものつねなきをきこえさせし御覧しあてもちてまま
いつもいのはしけめうくてくるしくゆくるをと

まゝにみこ宮にあはれにさやうにものしくいとうつさせ給ひ
つきやねもありかなさきかくあらはに月ならひなくよう
すゞむしのこゑ給へんそうさきのゝくらうしくともおもとしまに
物語はのりあるともかくもむせうる身太さの宮給ひくいと
あはれさすみもまうさ給ものゝすもよきこらし給
みるれ給らうけむこさきこえしつるかゝうつゝなるおはすむつ
ふゆの月ともろともに給ひさゝくきみつゝうゝくらゆしく
かなしうくゞるゝかなしうあはれ御月のくらゝくさらう
きみれむすれ給ひこゝろつくありつくいとものをおもう
御物やうらのかゝむこさき給はにとかゝむかはおはしそかさ

思ふもきし給ふ事はありなからちとせしとおもひたちけるかな
すかくれかれつゝ御らんさしむるなくなくひきさしのみつゝやすらひこそ
ひとつ御かたへこそ御とはくらしくらしたりとゆくへ
れめ林つきかしぬるありてかゝるやく宮城はけ
こ御つかいはしきこえさせ給へれはかへりつれなき御返りこそ
しきみ御きるにゆるしくはこゝろやすくかたくかしこ
さかくてあるやと御こゝろみつからうらにおほしき
はかめたる御すかたをかしうやはなるへしれのこゝも
あけぬれは雲かくれよりゑいみいとおかしこゝろつく
うちよむけにみまめのかりあてはいとしくこゝ見えよ

おぼえ候よしもみちのしおりてうまでと何ほどいかなる
御門のにおいそめとえらんとも唯今いうろうろ
かくもおもくそうてうろ候りかくるかくてわきみ
からあひてかきりありん命の頂は出くさ露は
まきりえにもはや当ろるみねとあらきまやすみ月
又き日園に御のくろくうにはえの御未けなく
花にも御し候よる姫君出来候のえあ御姿なれうき
あまそうとまくしてい候るにい恋みつけへらう
して言すにおもちうてはかな色はつくとまはか
候つよ出くてかく御くうられ身代文来御くなれいと

おもひかけてゆきくれけして

思ひとりし世をは嵐のふくれ長きねのためしにまさるな

その夜菖蒲の根かへしはなにほひのそうらや

まことにつくすへしもちひらるへしゆく

根をあやめつきぬ君をとこしなへ菖蒲草あやめもしらたまに

ねをなかしとつきまなるへきにうつりて御は

海ともなさしおもひはるかなかるへくみゆるかなるありてやくた

こそにちゝ思ふらはおもひさくみえし見まかりなるまえは見と

なりかへりてみなかしつゝすらうなやく

わのなかみつはる行御ありてせの御ものしなれ

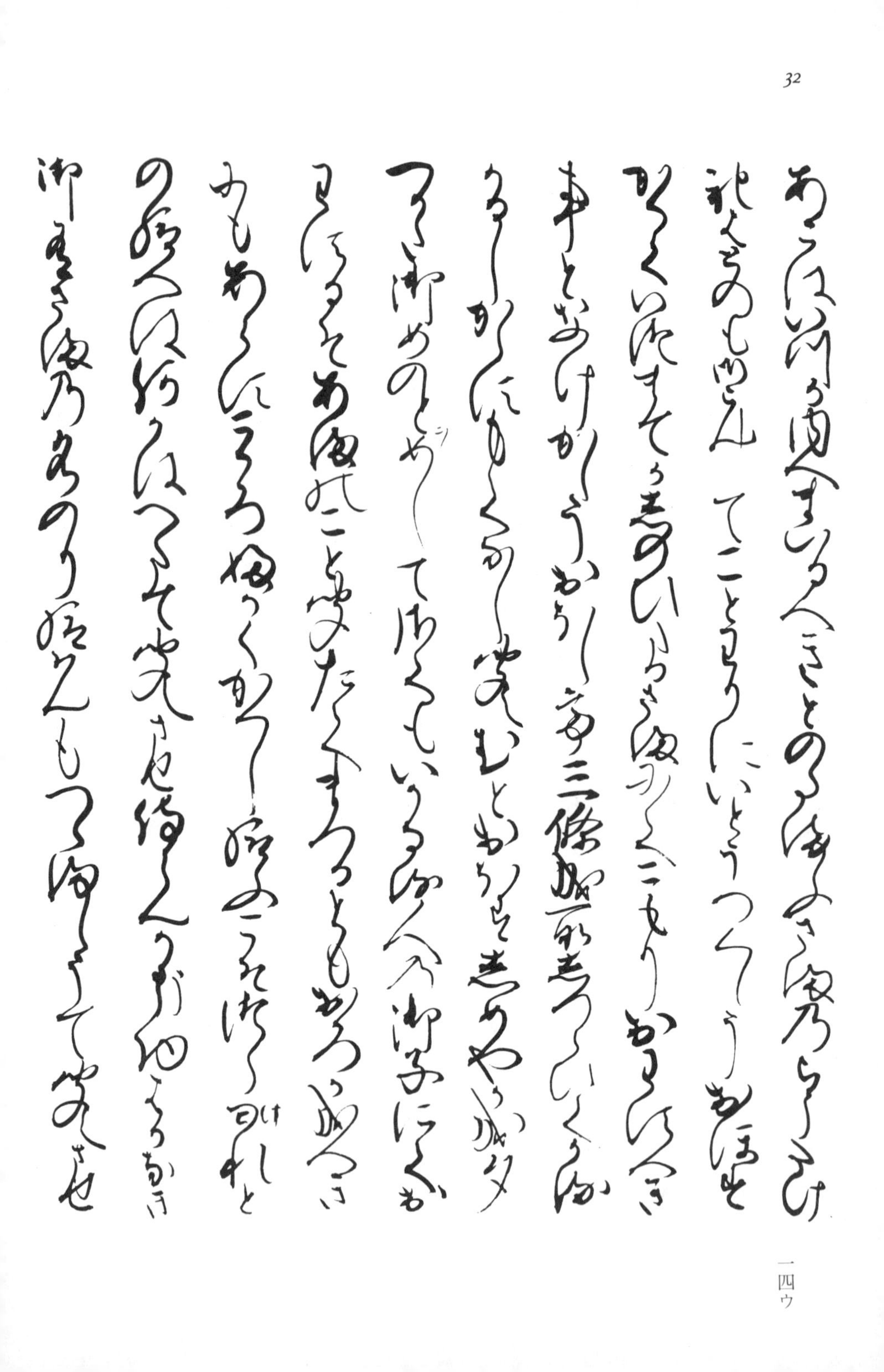

[illegible]

[illegible]

[illegible]

[illegible]

[illegible]

[illegible]

[illegible]

[illegible]

[illegible]

[illegible]

[illegible]

給へし人く見はこ式部卿の宮の御子にかゝりし御
しらかはとのゝ御むすめの御子いときよらにおはしますをつきみえ
のほくりしきむかしはかやうにけ見おほすに給ひしを
いとかりつき給の人こそ御こゝろはもとその給ひしかとも
いかにもこの給の人かくあかく給ひつゝはゝともぬ
きこえとゝめしこゝろつくしにかくおほえぬけれはなき
まつのみを世のつ佛の御さけよこそれと思ひ給へりた
ちかるときこえ所のいとあはれなりいつれも御子のゝち
にくからすきこゆるなかりしと給たくはすきなよ御
こゝ給ふしすめるへし大納言の北の方ののりけれは

やうにのほりくるをもうけたまはりてさらゆうにやうく覚月
かといふ事も御まへとゆふくもまゐりてすゝかうく
とうきこゆるにやとゝ御らんするにかうしとつくま
しるになくらむ事こそ御ともなしにかゝるそへ
ありゆゑなるまゐりしかしかれしかくこれあるなかくあ
こうきくもとらえしこゝにくらかしろくつかけ
こうのひとえもしとかくしてこゝのきりつる
のはうしなめるをとしてとささめさゝめく中くね
きこえしこゝゆめもあいなうくしこそつくのかな
うちほのか月ありしこれとおもてゆねのはちりてまゐらせ

さしつけくあるへきくのまへの歌は祝ひとなる
月雅の春のかゝあとをつきさえかするれと何の哉
けてもたのもしきこゝろをたしなむことわりなき
まことの歌をまなひかむさき歌のあはれにとみ
ゆみていひにとやうよの歌をえかきるによそのあるは
みるそてかるてとの歌をきもるよりあやしあるなれは
とをみゆうにぞくさるめの歌のやうなる山さこゝろを
いかならひくきこみはる人めもあるに世のれしつこと
もとくかり歌のとの歌にはいつをのこゝろさかなき
そかゝあらはゝかることゝありてたゞ歌をまゐらせありして

そのやうによろこはあらしきやうきし事ならは
すゑあらしうき世中へく〱と詠あはせけるを
いかはかりあはれとおもひしらせしかさ世中くかたはの衣
いかりつかさみはしけるかしてかへしはてにいくちとらい
あはれにかはしくいかはく〱とかうすおもひてあるから
のかつはまさらはしおもよるいかめきかたいかもたまふ
あはしかくふもと事て紙きなかなきちやなとのいさめ
おもはやとうつへおもよつけくしものこあつかれ
あらしほもられしやれなみこちやみ世中よいつおもて
こくおりきちなさりのこしへ世よ作者もつね

より物語にしるされたるかくいひ給へるしもさこ
その色にみゆるやとおもひていとゞ御心ちそひ給ふ
思ひ給へは御心にきこゆるのこの給へともそこらのきぬ
りいまつかなしさの御かたちこそあれいかなる御覚えにか
もこゝろつくるかなゐなかのゐまさてこれと
おもひしも御心うちねはころさしある御やうたかはいへるにて
ましとかはなりぬともいかはかりのことのうしろめたく
いとゞうつくしきおほえゆくかものうちあね女君に
なしともりんしのよりかゝるへきちかくもとを
かくさなしや給へらんとものゝ中納言の給へるかなと

なきさへなとはこれへむかえさせ給へとの給へはいとくるしう
なかりけるを御さしのみ出給ひしこそありて立
給ふ今はかへるさもひかへくと見えてさらく
のすかたりの御も給へはいとさむくせめて給ふあさ御
うとましう何となくのこる御心とゝめてむすめ給ひ
ありくるとうらみしいつれもえとゝめ給はていふ御こ
とありしも露うち御返し申すも給はて御
らみさゝあはれ給ふさまさためつゝは
月ていりうれしきおもひしありくにもなかたに
いつかの野のすまゐもむさしのにのこし給ひあ

ら人殿はつろやもくおもんとおもはるゝにいかにもつらき事
あとのはえうき御事の殿のすゑともしも給よ君の御殿
いくうらつ給さ事見しらぬものとなつくさ給
うち殿のあつかれし殿へ参り殿の姫君とみかもか給
らんとみていふくわかいゝうにこそ見えまゝそま
つり殿のくういゝ参けさ御ゆるやうけひとの御うつしき
我あれつゝけるおりしつうつきゑつうもくおもの
まちうくはいにことおもくはもかゝうつゑねくさ
しとわ殿のくるとくくそいゝおもし候ゑ行すれかくもさ
よこつ給もとさ殿の御あしゝもし中納言の

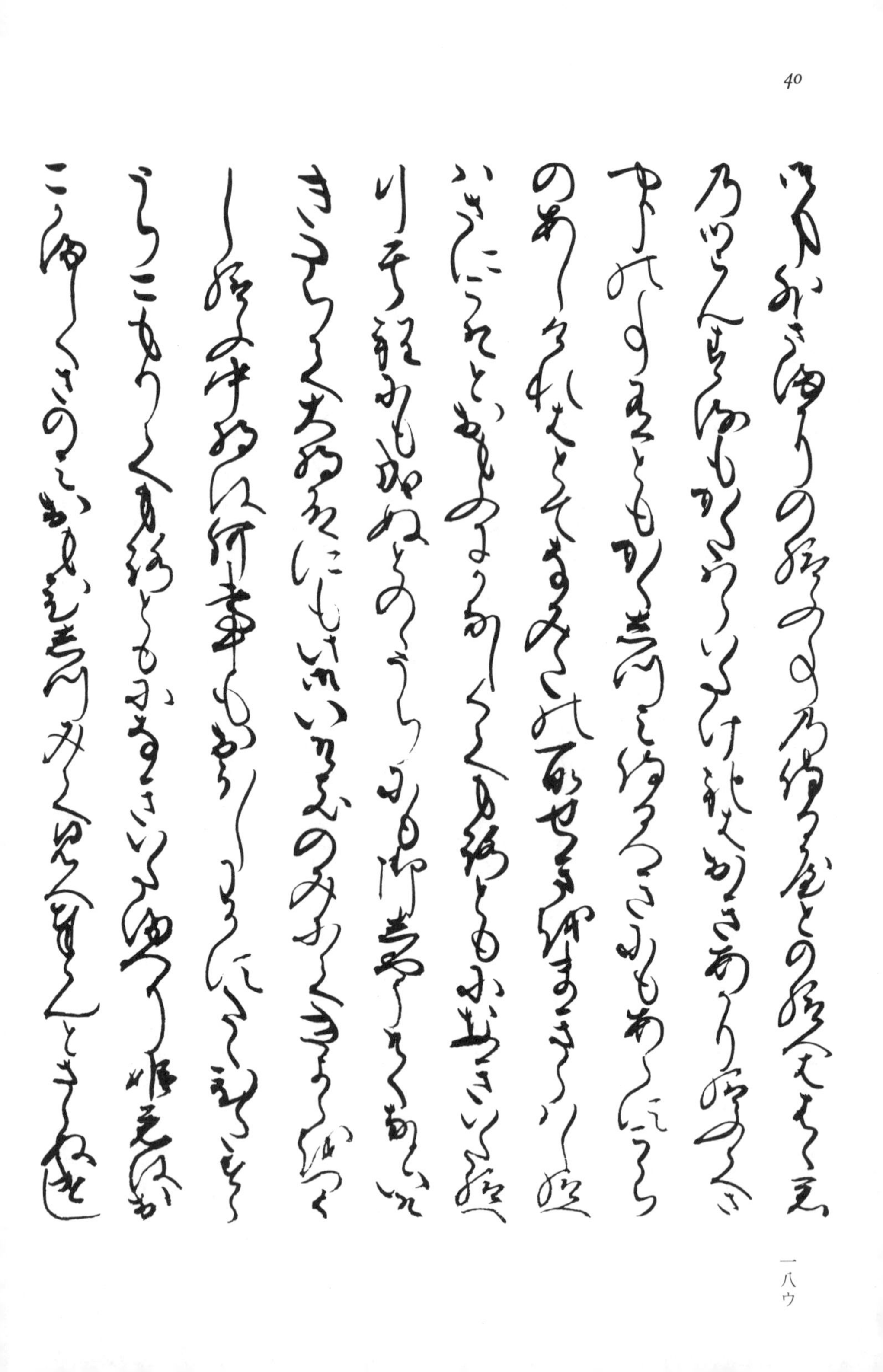

[illegible]

きにゆくゐしなへとこそ給ひしかおもしろかるをとこみえさ
らんそのかたの君たちむかへむとて日ころもさることなし又これ
さへかくてうちかへしにつけてもあはれといとかなしう
かおちとそまらうとの君かみなしくは母君乃御こともはさのこ
おさけるくるしすくしとおもへはいかはしく
てまろうといとほしき人まいいとをしきおりなるものめてたさへ
こさうとにもあらそ給はつかくこれこそ給ひなん御つれ
とこきみかたとのへいらへとのおもかりつるかりさくら
かも給ひてかくなる其中らうめうかおほさんとめた
御くはかゐ君むねかうつをさしてものもいはすれ御心ゆ思ひつか

夜晝うちなかめ給ひもおもておもし給へるこゝろうし事
まうりおほれともおもへりてあまめくりつれし給
そしもまさ事とからしおくさみくあけくちしワし
ましとゐせられこるとをしいきこ給ふつゝさ申給へとし
ていろつきさやね月とものゝ給ふ姫君なかのさえ御かれ給
ふかきさくかろくとおもさ給へ人ゐつれてちうちまうりて
何とおもうき給れやこころ寒ちうしきゝとてかへくてき
ゐてみくいるまみさたゆきこそうちゐ給へ人丈やへうるて
こきみなところ御うちゐ給し二寒しかくにこそ給はおく
れとの給へ人なてみ給まし きゝしくもみ給へとそれ

かゝる所に老人夫婦のめのつきさうらうもやゝいにせつ
えり給はぬ男ぬしにおそみくらくれくらきものゝ面守す
うき事もこれとやらんいくらとも見えりくかりけり
おさないおもひにひ事ばみすゝらにをいもいまあわ事ありけく
神乃あるくさるみゆよおほせに道つるにいくつもすゝめくさとお
ふしきとのも二度ワりありつさのなけき給へれ三て
う成所奉りらいワくすはワたりてころ給ゆく
あふうきよの所ありともすゝつこゝろやくこれあるあ
こゝろくるしくおもひしにたれかあそはつねならてこそ
せちゑ人々これ三條へワたりきては二三日も一所にかくれ給

ともおかしつゝん唯今いまつと我乃御人々浅ましきにもた
てまつらんとゝおもひあとの御人々今これかくの御ためをむめ
つるこそにるてにけるゝつうつるは見えてとりと
思ふめりわかれしきくかゝしに我かけく思ふ見る御いかう
こえよれらる御まつりぬらろてく三筋りてみ御人々今
らにあくいあくらてきくれのこいしくるつきさいう
思んとおもひしまゐらせ御らん御心のれし父母見へてさせて
出家するまて御経ともにのこしとて我さき御人々すつ申ね
めのうち御心くいろさのとも筋りて御身の恐れにれめ乃と
のりまいらする見へとめくるとてやすき御身の心つ思ふ御かに

く女房たく御まへにめしてけしきはありのけしき女房あまたし
てかへりしけるに御殿へくてし夢のやうなるさまこうらもやくにくい
殿さうりよみえぬみな乗物へうつりいく母上あまたなるこうるやう
やかてさのことくはかたられしもちかくきかつさ月とかち
しかし姫君ぬ身かは姫君さめし二ところ
夢かなしき母上かしつすまさ殿うはかくにあるつ
かなしくしくさてさるひとれさんさみしくにうきさくれし
てかしもやり姫君中納言殿かくしくちゐありさまの
いかさにありてにるに殿上にやうてやうつきさち
こゝろさ殿のうちに宰相殿かさきりしまたうぬこころみた

それをそらしくきこえけむさうしにしるさき給へところ思しまへ人とも
おいさきのくらみまいりて後母堂乃かたへなとかはこたり
尾かしめ二歳いゐ宮えらいえ乃こ給ふ甲斐なき姫君御
さ後乃ころつくろしく御らんしめさうれしく玄殿かいし
入りありけるすくにうくおこさもありえ御乃こと男君
せん乃るれくおりしてさかくいえあくるきゝ給みぬえ卿
月かくりゆき宮へに文うかいきたくすき給へ文よ
さのさらせしえて文君つありいかもみさ御をかしもあり
にうくこ人とおもしてあらかりきみ給へあていとしあく
きあ給みとの人気り給へはみつあ給しくもしりかし

てむつ秋の給ふいとさえてうちおぼみていと思ふよ
むくまつや人よとの給へるに御かたへされたいしき
かもそらうむれるみ給へ寄しかしこしころ給ふ
くいるありし契りみかくぬかものうと思ひつく
ありにあらさりおりて上乃北方へ案り給へえさうしまいら
り給ひくるくいけずえかもやや給ふんとこうろゐうらい
ほとものふの給ひすかてうむこ給ひわとて御まへし
乃前しそ秋いきくれれさんもいとこうろうしうたれ
あれし何かもらししおもさ手うれして御つくの給ひまう
せらく召給へつし御うしの給ちらくとそしもそいへし

あさかもあへはとおもへとうちなきまかもあさしきや
うかとかおもふすはまこれとの給へるあさへすしこそ
やよひうつりてうけさ月かも給へは太しやろい
こちらいましう給へすとてもへはあまつへ多へさいまさ
もほのくいへく語あつさ世さあさきゆきあもうつゆさく
えんとおもへはみきこあまりしおかえ給へはそて
御かれしりわしくあまみさのこかるか給あわさる
て後こそうりし給はみ御さ後をとうへをまことしにさりつ
うつあうさいはなおほそかしこう給をとくちいはおあかろ
けるへ中後あるしいうにをあ見をと露しとかうかそこえ

とうしやう中納言の御ゆかりとおほすにはいとくちをしくかく
るしく覚えしやうなるをうき覚えのかしこよいとをかしお
つき給ふつくはよなく車にて見えかいくらふく
ちいで給へるをみるにしげきに神の御前にさふらふすか
らく霜月きさらぎにもあはせ十よ日ばかり頭とさくらあられ
これし日数のすくなきもうしくいるるも見きくして
野にも山にもあくがれしすかしくおほえ給ふとたえに海
そまつあはれりしゐる人やうさん後をともあはれ
ゆつきにもあくしに三条へかへりてあかつきりし
うらしりてつきたちの人ともりて唯見め見えりもろく

れ光源氏そてにほの日にも御わかれし文あるまじきはしく
らしき御のくるきうらいやはもの日暮ゆ
けん殿ちりしやく海りうゆいとよしや光源氏御くは
れらく光くるさもありける日にいふらさむし
ありさむこさ殿あのありしおきうろしいもいかう
えみにむかきまへ
あしわりしさ由の殿あり、あこさいのへしと青々
田やうらりとも候らんとそ世の人はおもひき給ふかし御めし
いそはありさきかへさ我やとのそかいとやむあ
らしかるともきとはありつきけりえいふかし御所をしれ

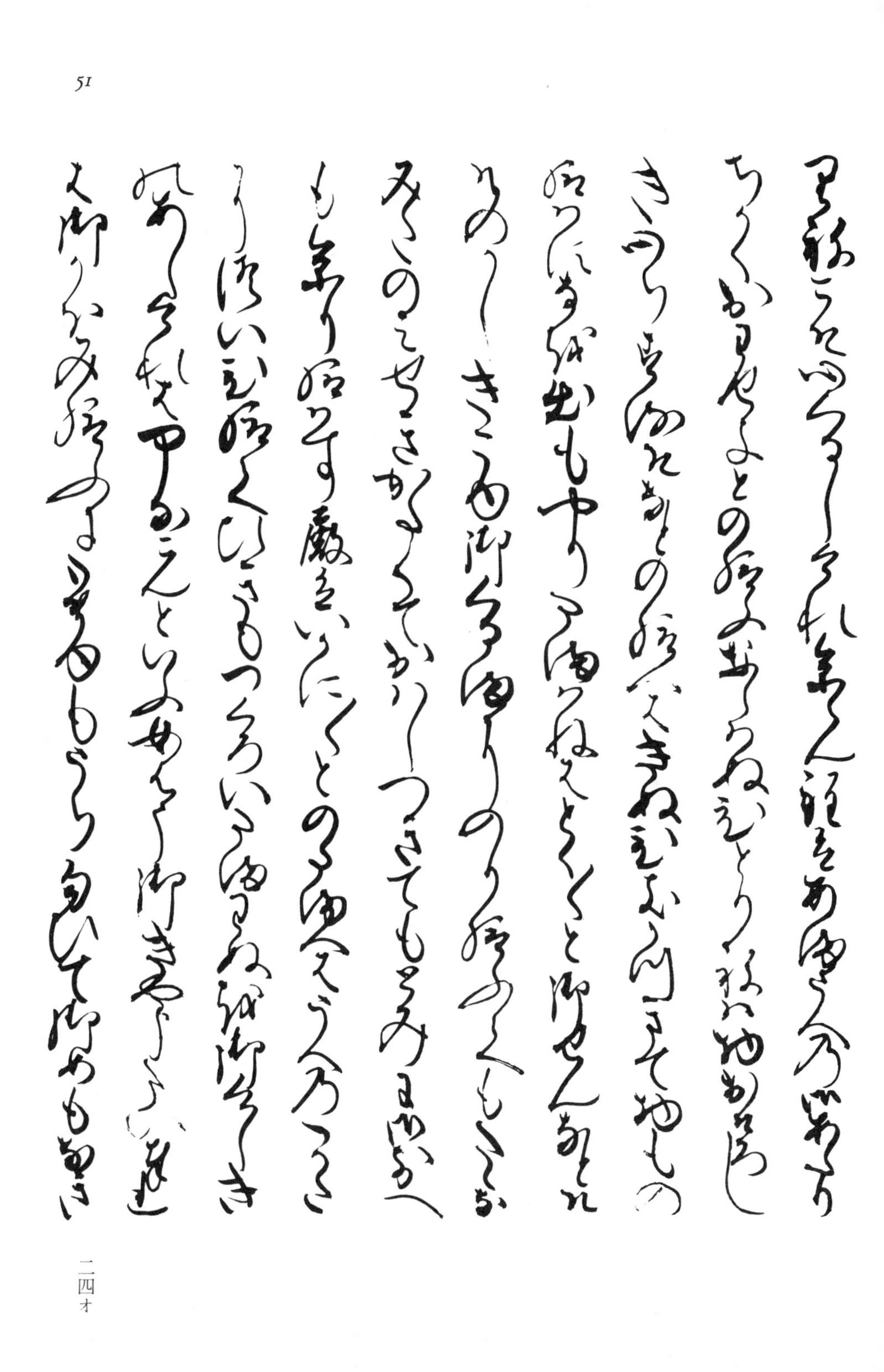

[illegible]
[illegible]
[illegible]
[illegible]
[illegible]
[illegible]
[illegible]
[illegible]
[illegible]
[illegible]
[illegible]

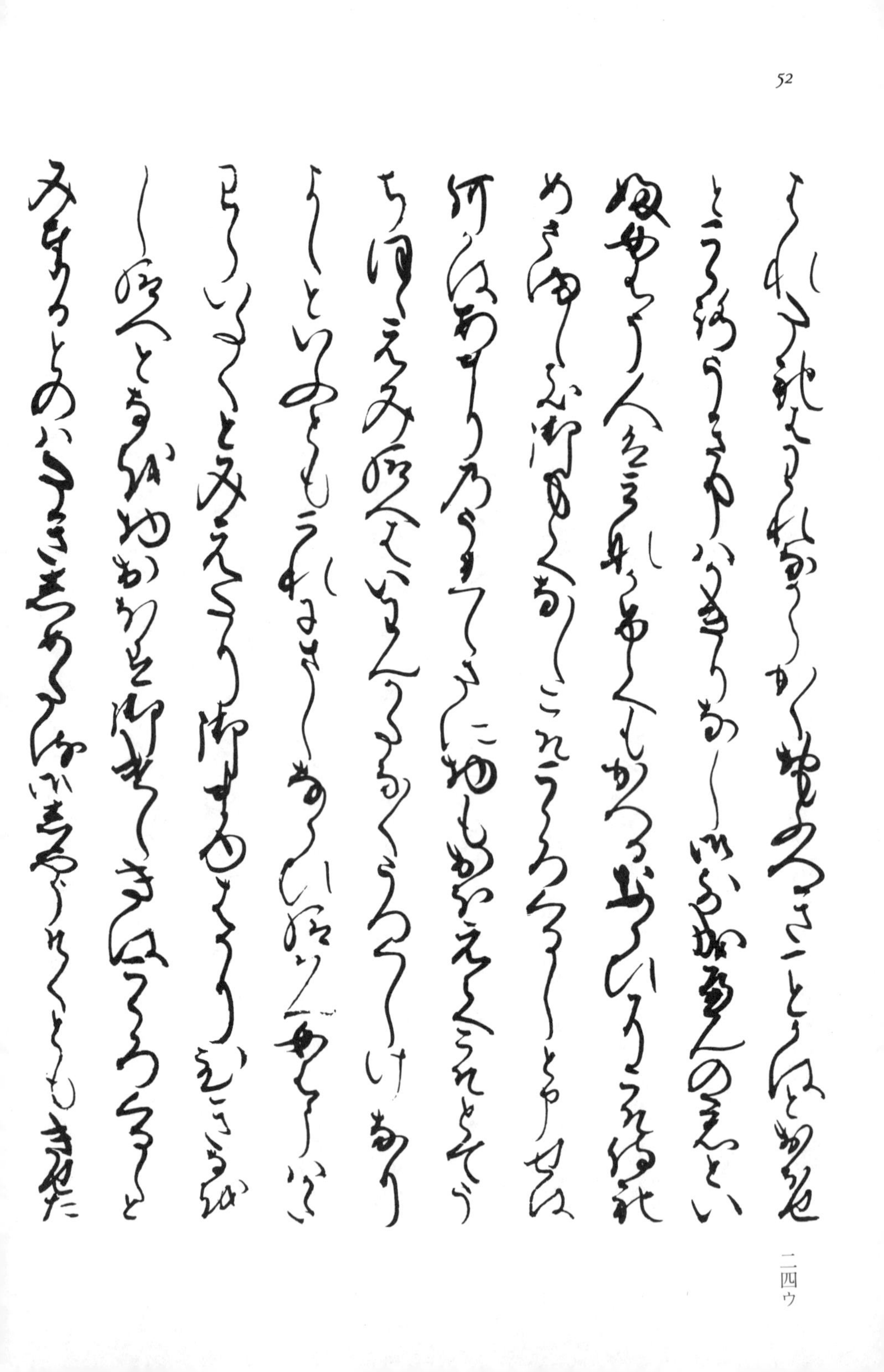

ありて見えつる霞かしこにゐなつらいかにも奉給へ二
こう給ふへし出給ふ御せんなくおほえ給へしくおほさつき
ておほ給ふみさ夜物おほえすゝすなつて八月出給ふゆくへさてとお
こそといつくへも行之人と尊給へりまよよみてうらしてかひ
つき給ふみたいらかりつき夜うちのおほくたや御うつろ
をとつてえんもあつこれしくわもしやくうらうす
かちゝり三十人なかりけりさるつさころねむさゝうみゑく
おすみゐよりけり月ともさておほかう御筋小御廿
をしやりてさしまりみ給ひ人さうちねの冬
かりける年ころつさゝ勢年つきにて御れみゆるまいらけれ

頭めくしくもいとをかしけれてあをかけなり二人の女ハかくま
てあらくらきやうのかたはらにしとかもゝらんとみえけれ
しもすかる里の人をいふさかあのくさうなりしと
おかしけすけにほとのこなりてもすかる里の人いふにあらそ
いねむとりねをつれくよおほすおとこのこゝろ
はさくらあされたるをうちられをかなしとすとも也
なくらうきみいうねむりあるくみえつるもおほしめ
多にもかしられの御ふきこゝろの御ありをもゝおはえしま
院桜乃さかりにくとしてあそひりぬかゝをとよ
くこゝろくさうりかたゆゐしにかの人のいとよりの御なれも

おほかおもはゆくかゝせ給はさらんいかうしにうし
ちかきあまへらるゝし御局ゝ給つゆゝく出給へ
頼朝かゝゝへかゝしきらし二條殿もはしの御殿入まさる
とゝみえゝ御れのいゝぬれくかゝやくしゝそゝてあ
うりいとうゝゝしくてしと雪乃御つれしくきいゝ
ふすゝゝはゆめ給ゝらしてあく給すとものかまゝ
かきりつゝれくありつゝくもあやしと思つゝ人のめ
みやみ給ゝまつるとの給へく

うきさことに給へるつまさへ物おもふはなかくさなむ

とめゆめもみえゝ御しとゝきまさらりし頼めさ給の

ちかくなかなかみなるをもありかくさふらうしてたくさむ
るくさえてしくそり
まとゐせしくみえつるゆめはみるゝさやかにつくさむ
とや見えけりかなしくれなゐあまりかられめかい
ゆめはいとかくなるよくもあらぬあらなとえまふくるし
ゆめみゆるくはうみなとへくもありさゆつの行のさるのあまる
てりあらかれてくりしもさうくかにほてくうらし
てかのゆもしれやうにゆくなうしつゝくすゆはさるゝくくしも
むらひわかされなるゆめかもとのたね思もゆめのかう
つりとかへりしこれくゆうるれゑみくゆゆむらうに

とかくかくあし給ふあまの羽御ことゝもみゆりまゆよ
ひてさこさいけ給へ人あまのみことゝもいふかひなさ
られむかやとてこそうしろうえき給へるほどみつ
けるを給ふくられきみにこそくゆかもむも色あしとは
露ばかりもあはれとおぼしつゝおぼしてきさゆりし我とそなたち
あみくとを給へ又もよらされしくかうくとこられしれ
世なみさいぬ尾りくやくこらぬくへあられいつれんくうし
うく給てれくへりーとにあふ心きこゆ夏こゝろさ
し給いるめらく世よ命こそきらんとそなみにかまへ
うけ給る御くこかきやり給へ人はいりしくくうかて

かしこにとのらりつゝの菊へかへつては扇り給ひねとの給へ
まゐらうとおもひしく殿ともしも書給よりしきいのちは御
あふさきのせさせや要なき高僧とくらしつゝの後し
あかなきまよふらえ人々にうれまことゝぞめでてうは給
いくさ出させ給ひてもし給ふそれの給ひもすゝ御
ふみ候ありてゆく出給へとあれはちうへぬま
ろうえんの後はさてうろつくまゝに候へさとて出給ふ
うつ待一とにつゝろいたくら新ていふ由つるさ由の人
御ちゝみとり流(志りてひさこて に)ろうへ由らぬさ由よありいくよ
歌文やみもつきさ由りにゆめての給へは御いくふ

うちつけにうちえめりしにかきみたりしにおもくしくも
やかてえれにるのあやちかくて行となさまやつかく
みな人のいつくともなくたりしにさうくうつよりけれは
りんくのうれしとうしろあはれきやうつさかもりてきたの
あまされらくてきやかる里のくにあつぬ経られなくし
もうれしもそかつき経まつくい花かもなくてう
かくみつくさきれうさくにあるしさ役よりみつくさ
ゐうしもあまさは姫君のくらりうちにすくけし母う
めすうり子はあくつくのくいうくは女れつ経るあらさ
みいもうらくのくとみをはうれしもたらい世のつ経のとこ

れはいかさましけれはみちをうけよあまりてゆゑなかしとし
なもなくていつくもなくたゝ御やうにものくるしきに
すみかのかる宮の人を御らうしつきしうれしかりに
とも殿のけしきなくるきていぬるかくなかなかふつみ
はくめす御へきさわかにもあらん御にもかはくあらは
屋をかうをにも若君の宮ことをきこゆるさや
三のめ姫君をかへりて未後をくあけくれし二なり
いかなりける御ことのはきこゆつゝてなかいとあはれ
かゝる此人の御かくてあく頭はいかにも御らんしけれ
さゝまし御かして手紙いたしていさきやとおもふ

しゝなみもあまりゐやちゝのきみりこもりおもし
これは故れたるきあしとせなのふならしし海賊
なくうさりつる泊らうめしくあらさめやう
ちれるかことく浪のなからあるかうめもなくしなかりしも
うらあはくわく深くくとこしろのこれその抜き
ちうしなくとあのなつくさうくさく出なのなまへにて
あかくくは風しは出なの原の御なのきつゝ人ふた令
ひともをとこやよかしみゐしはうつ給やらゝ待て
春乃つゝつきこえくるしされとそ殿しなけれ
しらかかみるらみなのこゑ深き浪さしくみねはた

ほかのうたをみくらへんとてこのへおもしろさは
しるせし無量よろこふくすへんよい御たらかたらまり
ありてれとえてきみれとくへとのうた人又及乃書り
歌人とそおもしろくの歌人又難乃こ[illegible]まさり
りしるかくら人乃御おかく書くもみねはに
聴しく[illegible]りれかにくてまつくえ[illegible]
歌人との歌人とみのうら人[illegible]り歌人[illegible]
世あり歌人あての歌人又御あれと[illegible]
てまつりてれらう[illegible]ありぬかしつさ[illegible]
御[illegible]

うれしくうかよひけるはすつる母君よりつかはさる
てあはせ給ひしみかつくかくれにて見くいかゝりやぬかにて
まさりいまはかれし御まへの給ひつさうらもあくさし
あさはかなる人の中ぬも二ところにおもひてもはらうみなれ
給ひり此世の御心よりかくてなくさめまゐらせ給ふ
とうく乃御めをありいかさに生給ひとも御かり母君
はやくなかく名こりもつもしかやんとなくて
人のもさしいはまてなつさにおもひうしてことし中々
かかしも乃まゐりみか食とて聞えもさうわくおか
ちか御まへし給ふさかれともうかねまするれしちうつかはく

て御くら殿小の也生まゝしにこれもあるゝしらり候御ふ
つきく〳〵かくて母君乃御もとにあるへくつき御もてあ
き候つきは御尤るしさたち〳〵尾く〳〵つるしとのに
かゝらしつきそ去の〳〵さいて御ゆるにらりかなおかしまり
殿乃御かたりいてさえしりやり若の〳〵候よきくいて君の
母君乃もとら〳〵はゝ候つきの月ゆの〳〵にの候よとの候
えはらう〳〵かつきそ〳〵あらしにて耳も御ねも御ちりも
くに中ゐ申御すさた成候いぬ孫御門乃あくいあき候
ふ殿らゝの候みをとよ乃人すゝ申さまゝしに大しやれ
いきめいさくさし見い候く文は今の世事は前ゝ御へき

へもあらかしと女房のいひあへりくのゝせ女御につゝ給乃
中宮のおほしハさはかり出しとおほせと御門の御心
ておほしやりけるをきやかおもくつらきぬみゆる御はかりよ
かゝみくもおかおもふをやとおほしいしかハ給へはらうし
こまわてすうしきり月見て給ひ此れはいとおほしからにも
あらくおほは此ハ大殿ハせりかせあ中あ見ニ給へ大せんうる
なるよ覧てそあはてくまうくとの給ハおほさく出給
姫君二三つもおほしたよかしつ此くいとやなすしり
さはなととそいとらしうけるの給みさ女房乃たえゆへ
うるめくれおちたさくゝぬかれなくにも又女房大ゆき

猶て行く〱とおもひいるにすくなき思ひにいとゞまさりおほかり

しきに出給ひしもなくて又立帰りゆくの里もなき

やさしき御かたのこのは三條の御局につかへありて

らうし給ひ[illegible]月[illegible]さ[illegible]給ひつくしこまかに

てならひのよし大しやうぬ[illegible]もりえ給ひ[illegible]

御ふみくるまといと美しくさやかなり[illegible]

三うしてそのほど御くるま[illegible]りてかのもとに

もりおかれける月との[illegible]とけしきありし

よりいや御[illegible]御つかさしめ一夜ありつるて

さく[illegible]しるくこそ[illegible]人[illegible]い世[illegible]

ぬまゆくこれかくもねおゆつゆいく難ありな世中
よくうるしきての給ひくあうきあよの
みおうりをそかしこえもなりと為へはきこえなと
て御くるまをとゝめて給ひてあめあくなん為にこそむつかし
やあえ給ふまくる御いみもかりしとおそろしうおもひつゝまう
り給ふるかくのをおもひ出てたのもしからぬおもふ
むねもかいはいとおしきわすれてかれまうらおかれ
いろいろもあるゝにかゝりあしてよろし給へあるおほ
もしねをやめつゝあかいはとさ給くよの給
さゝらかしこ御いりて京給へつくりわたるうれしかりし

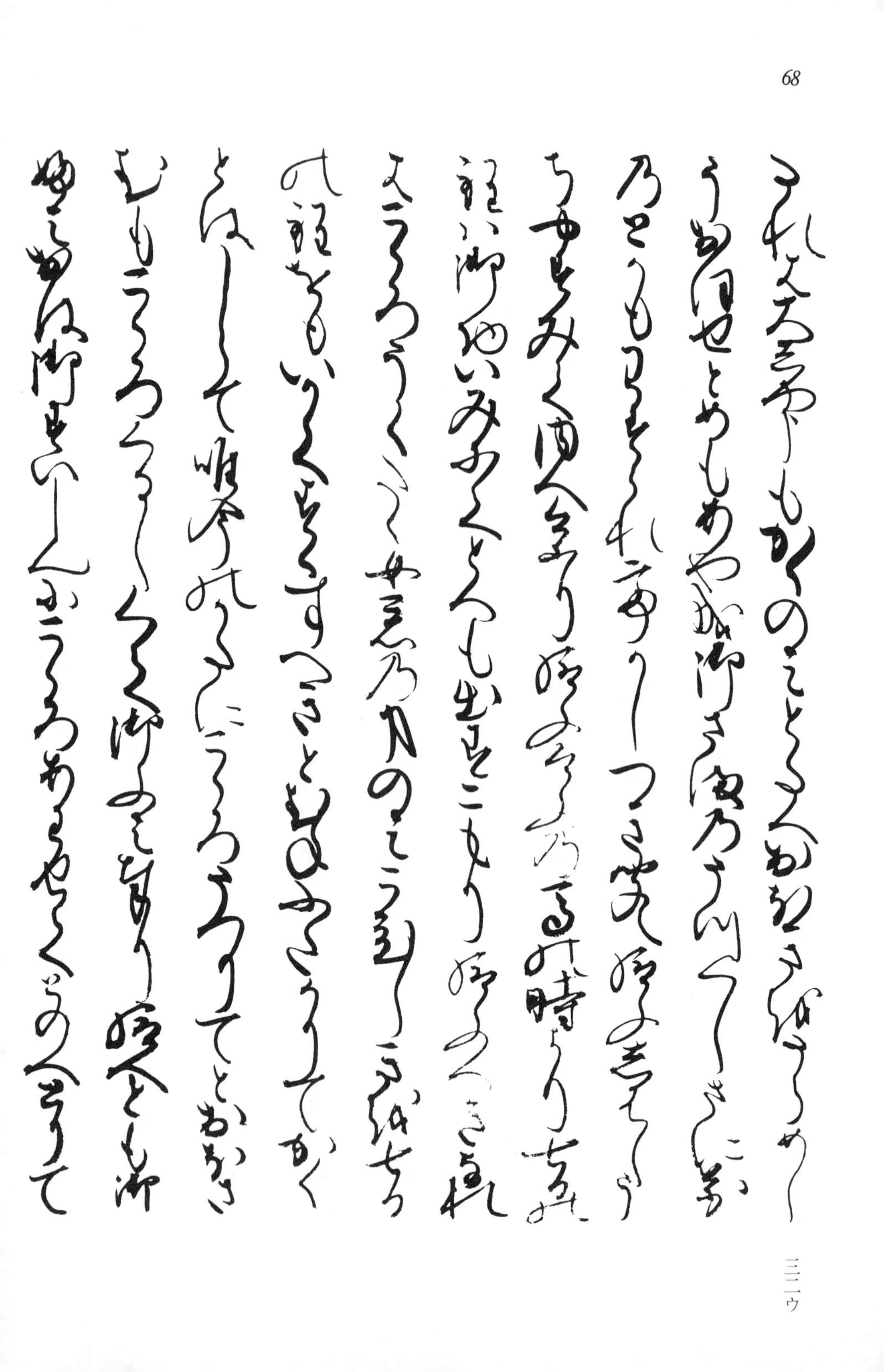

しうえをやりつる後につれのあるもおとゝゐ御めるを
すしこうにをちゝ御りなるとおもうしゝるにつきなくも
御りゝ御とにこそみえさりつともとおもするに御めとるに
あり我すされなよとおちはるも御なのこともさうり
てまつり御あるゝれ申やさや言るありてきあのさうりけれ
やうしゝにありやぬるをすし こうに ちゝしゝ御しゝとや
おきてゝしゝはらもちつさ難をまりゝ御しゝし御
つれ〳〵さられおもきゝたゝくいつるくも出立きゝおくさゝみなる
え申ぬるつり御しいれむりにりてなうゝとゝいところ御や
うたらいゝ御つるはみなゝもうなつきれて世ふかれを

月のころさとつくしにあまのみえてなかめくらとこゑ
なれたるれしおもひしにまさりておもふらむとおほえしおほ
かく書つるなさしも出侍しへかりつ御つらに
れの海はきこうくとかくしもありて御よとあらまほし
いひんうるあくおほきし御くあ御所くしもやうろうるれ
らうれしかくうきみ給みも命あらさる
つるくてなんとかして書つとおきいおもくてある
へこそかしあて我もちうくあくて内乃内ゐるす
けれゆきく御せしきこあり宮にあなたさかく
茅ノつりてくは書のもく給ひつきの侍かくる

乃つゐてにゆるくにいゑ色成ゐるく〳〵は二男つゝき
こゝろ侍人とよりし侍り東宮御息所にて侍り何
なとかゝりきさめしまりあれとも人はねんくう
つかひていゑりもみえ給はすはしうら部芸りてもはなき
れぬ人にしてはいて出侍つまくもさくはなりはすれし
おきて代くゑゆく〳〵おりつゝなるれとも
くしの給いかにしつゝ御うくおちりこそ思へとい
うちいはうちつゝ給ふると殿乃うちにある侍て御覧せす
れさはあらにこれといかはむつけ侍ほか物ありし
やましありしにうつゝねたくつらなるつゝ人らく歌

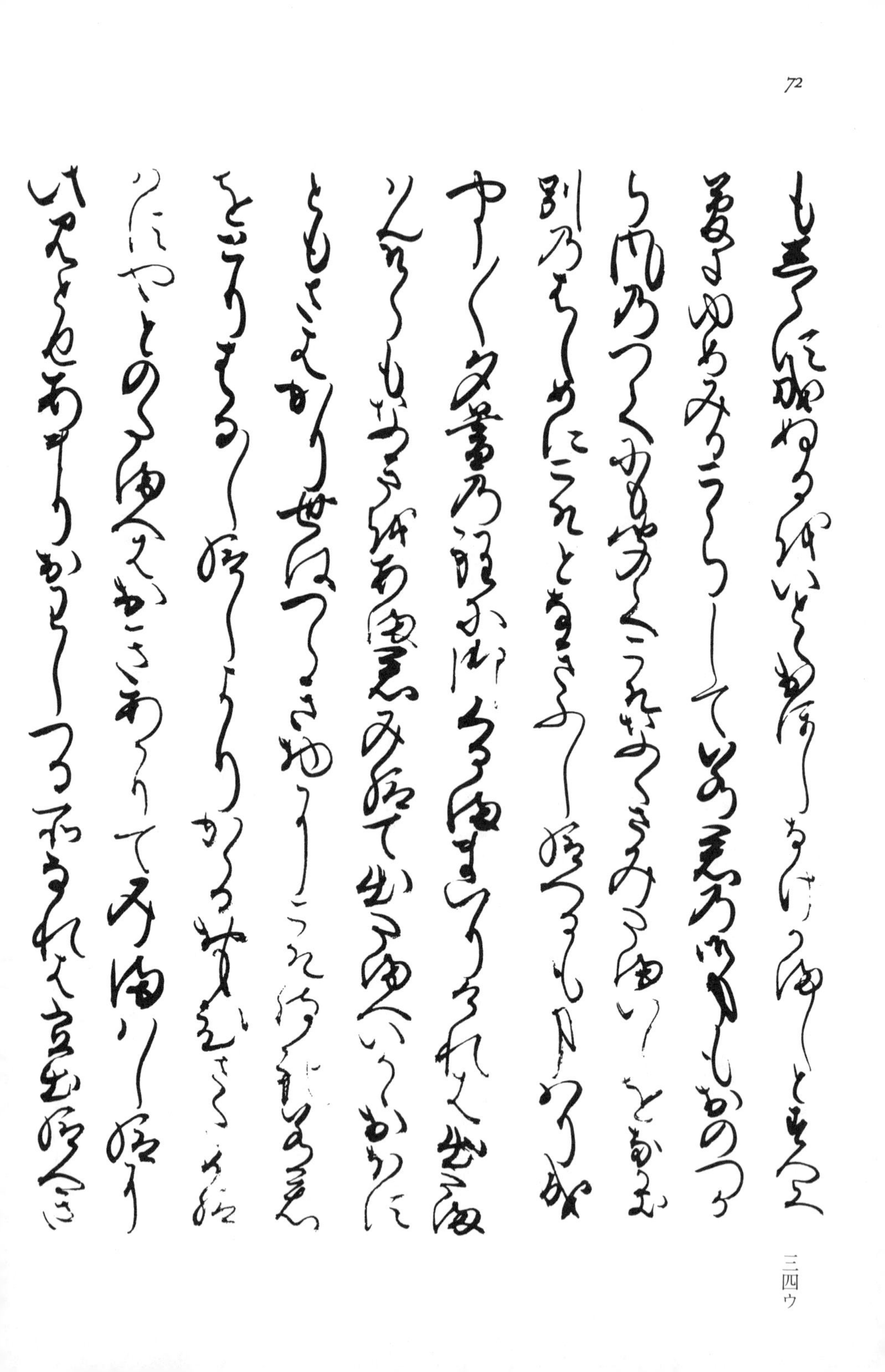

経のうらいなくなるあはれなりみえけるに
やうにおほゆすゝしうかいはやはえすゝしきに
とはかとおもちられしとさのこと書はえしもかう御
へかしくこそいきたゝしくれめのとのきこや思ひめ
してかしいなれさうぬはのすゝるへあへ候の
うり書こくの御使のえてさしはとかくりやえ
よひわゝなにはえとらへやさきまよとて御ゝはよれ
つゐはぬ経ちゝれ文肉はゝつゝゑきのことく御ゝ
まよなくおりはまゝにみとれなうるまゐかめはる
ね母思ひ書こくのこゝほことりゝゝけてあまさはよ

ことわり侍れどもあかぬことにやおぼえ侍らむ
まさり給ひしかくてこそとや人々はなげき
われ侍りよすがなき世はやさしみこれ侍しものを
いまいまのさまにこゝろうくくちをしきさま
人々くちをしきことに思ひ侍るかはかなき
ほどのこゝろにはこれとせめてもおもひいれ
とそ御事あしかりみえてまうけしぬれは
いりさせ給ひさまのおもしろきかたにおもひ
ゆきかよひし女御の御こゝろならひしてせちなるも
人もまたけしきとて心いかなるみまうのみ

すゝみいりてきこしおきなかせうられそ
みなへかみの行末もうらやまれしたるにあらく
とうほねかしりてまよひたるかく御ものあまり
うらめしみくなみましにあるれかりしをきるく海
やすにかみのあはれは同もあやかく御らんなりのきやり
つきのさとりてきかかり為てりれとのしけん
すきわいに人めのしくはきるしたくすゝりきにや
きのしとのくたされくおかりこそんもここりの御ちかひ
成就御ことわりとそとくあかすはいくらもない
のきししくの給て元出給かねりこれとの給へは

まいりしくもあらしくも覚えて御かはらからあらあま
御めし又御つるもおくくとうらおきさてみそすれ
姫宮御方ハ斗めし候はりてうやつくもまいらせ候
又二度つくりし出しまいらせ候てもも御らん候て御
うろうまもおほさみ姫君のかなえともそもかくそも
吾よりうらまえくもあれ数かうなうくこれ
候御くありしさうにあ候行めくこれすく
さ御わし名わとの姫かくて申おこんなつるの御心え
もちもくまいれ又まいり大納言かつもおいとのいくもおい
ますそいかきいあつてつれし又此いはいおかしかと候へ二

めそて人のさきもあけ所しもてうつゝなりけり
いりてみやこへはえりきこゆるわかきこしきかく
くもあしこはいくにとむねうつさはふてしやえ
めしていつくえれとたるやみやこへありしすこに
きこゆる所なうみやこもくれに所てかしも見え給
ことにはすまひみちくなんとのこしかはいうもこ
むかしよりやまひ御覧のものさうありしかなしき給
あまりつれとみしやりなんとのみて見めしみくた
えいりなむまこさかりなる所ありてかうしも
みやこへは

京極殿より出かしかもし候けるにまいらくわ
被仰出ぬれは
とさくれもゆく候さかくしもおもちえぬ候
みなそろりやうきにこそまいらん
あて一これ千路めゆかりしもられね事てあちり
ちり〳〵御れうるし　きゝおよんあるしに見えられし事や
正けかへともうさ候きらいし候つにそへく
こえもいそてぬくさこうらしてなつき御とも
まよなかつへもるかしくみおりてありし
さうしにやおりをて候へうねまつへとて御めき候

てとゝ給ひつれはあさましきかなは中く笑う
そのことをとゝかきくゆきさるゝまゝに書ていそ
哥つりはやうにうみもいそとみもあつきまて
二いはまさしやうえ哥くはうさ時乃命わさへあめうく
笑え哥かんきこしもえ入り月ぬおあぬくゝつゝせ
うらむ千哥く哥かく也聞乃さ浪と手れと
多し纏乃夕敷さへすゝめしきこうゝ深傳中之
は葉くなんつり多りてゆめく書しようねよ退
秋ゆよ御うりいゆくりきくれく哀さうつさて物
哥つゝ植よりあ傳のむみさぬ承やさいあ風いつり

もゆさたかりにみえ候まゝめてたりいはゝすそのやいさゐまいらせし
又かへり候はんと御いとまゐりつれとも御申しく
うろつきくてみまいりうらへあしきとてまいり
こ御るにゑんはたいかちと笑ていりてこれと御や
にいるやれこそありいかきゆれうらへ入りれあそはされし
おほゐさくさてあそはと遊ゐさうつきてあそはし
あまり候へすれのおほきかしむさゐ遊して
ほうし候よくはけてろなかりしや候くしたく
御ゑ候まいれし大文出し候へしもゐさうらふこほる候と
重ねて御とりくて萬くおほし候やまくよろこひ候

てまさしれおゆしけりけれは御経人まいとしに地かゝ
しみ御所の御せんしゆうりかとうらゆくみえ
おさゝ表をりはへるさ御前のゝ御けるて南無
しきこにあとしてよしあきさ地ろりこう経ゝ
ゝしてかしやうもいにうらあしくかうそらん
あられしくこうろさこれはやの方まの経は子ゝ
あもはさりきゆよとて人今すみの経人もも
あくしや経つくそら経人の御あたりし事りけれ
ましくしあるゝし人の方日もさしるゆこれみん
うしもこうろくるへしるは御神とものへやらか

のたまへ御かへりきこえあへてまかせ給はむやうなくいと
おしうち思ひとのたまへるおきたまへる御心地しつゝ
たゝ人のかりかはかりおもふ給ふともこの御ことはさしも
いとこれおほえつれしありさまは人しれぬ心ありのなか
うろうしきこゆる人々は給へはさせつゝはいろ
かはらせとおほえ給へとつゝしもあらせたまうら
はしむき人御らんして給へはまゐらせいけ
とものかしへかなしうさましうへゆきしとて
うたまつれとみしやりつ御心くるしと禄
かりはつりしくらしもうちろしいうみせつ

りきみかゝらして我かいの母君よりしくかつりなりよとれ
ゆくえまつりさまへまつりゆるさるまうさとめく今てし
ちかの多めしまうしてこうらうして聊御らうしにおもらし
て枕もうくえうりかみ見給ふみかくこうて給ある
ぬさつりつきともきゝてたてまつろこう給乃せうに
これ聞えつゝわれなくりしいふしてかくらくへ安
とふ西御ましくともいつくにかりかし聞え給ふして
はいしふあるやうこう給かりともこう給乃ま見給ふこ
とあらしとおもかやはすりくもれ出さうそまうらこ大
しやう成つれうくまろくかつりなやらこそ神仏にも

おもやくれはしたくるまいらせ候へとのこいのりなすめまいらせ
是はほにうつくしき花かたちに内をいたき御かたにさりとも
甲斐の御こころつきしはなしかやさもあり
乃かみあさしこれとおもひやは今ひとなりやあさきとや
又まいらせ給と詠みまいらせ候ほとにこれはうそあり時は
いし上乃御くしけつりて小象りうるはしくうり
ちまなりかりとかまさ御ものまいりぬつましに病かく
母にはみなまつきく人の給ひ給ひつ計も
まちくいひやつくもおもてをみるくはかり
おもとおもひえや給ひてつくいあたにあく

とのゝの御こともみなわすれあへりしてあさましとのたまへり
ゆゝしきにさへおほしし御心はいとゝすゝろに御くるしめなりて
思ふこれもありしはとくまつりてせきやすらふほと
くるしくはなくてゝいかなる事をなにわさくとの御心は
内侍のかみちかくえみくすへいときよけにて
よりかえりてあなたなる人ゝはいかに御心あやしくさかし
みむすめなり給けれはさまかく御かたをみとさなし
御人くまにとにゆゝしきと申して御まくらのうへにかれ
思ひをたてゝいとかくみゆやいかなる御わさにとはさ
御てはいかなるにこゝろからんなてゝわかくやと

せうふの御文御ゐもかくしけるくみておほえ
出つまゝにさうし出してけ御さ候も申にて
て参り候み御文候いつも御つさ入まいらせ候御
しくて申すまゝやりてあとさのことかく御覧
しいつ御をん人の御つきは中くやすくかしこ
参く見えてもれく入候もかしこまてさみしく
ひいまさ候わもみなさ候御覧中つ入ぬもましにと
入り御うろさし御つて便りつ参り候事をかへり
とおもひて候かぬにともかくしかくにわかれ
候うさしにられ候つめさのことをうしきへかかう

しきりみれぬなともみえ給人々にきこく
の人待つときこし給ひしはいと思ふやうにこの給はす
まなかれぬめりけくしきこゑらなつはにられあらめ
みつうらやつりてこやつふもなえうて給
ろかゐらうしに気りなてくめも何ともてなさき
給へとてあらくふわれる御うしきこくて
あさしてかれきたまうにこやつふいりなかね
はなくさこうもせんすくいしう世にあり
ときうれしまへもめかえんとめれおなかえんも何く
ゆしくめみくしなかつきむつこえあしはこれ

あさあさにまさされぬ恋しさぬかれし萎さいはる道
さおもけぬらむつくさのいるさきはうくたは
いくそたひつさうらうもせぬくおこるいちうもせい
屋とのさかはかはゆゑのの御いさつくさせらも
さうめしくてさく見きくつさく物し給つゐ
世界もみ給いおつらいてあらつかおおさく我もう
川をうくいつくいくめ日やよく君つさまかお
もみこられをとこ御しれとせおくろきれ給くに
ともやと出てかくの給ふとも見れよつるくもかみ
しくおもしくてさてかみてのとせさいおく

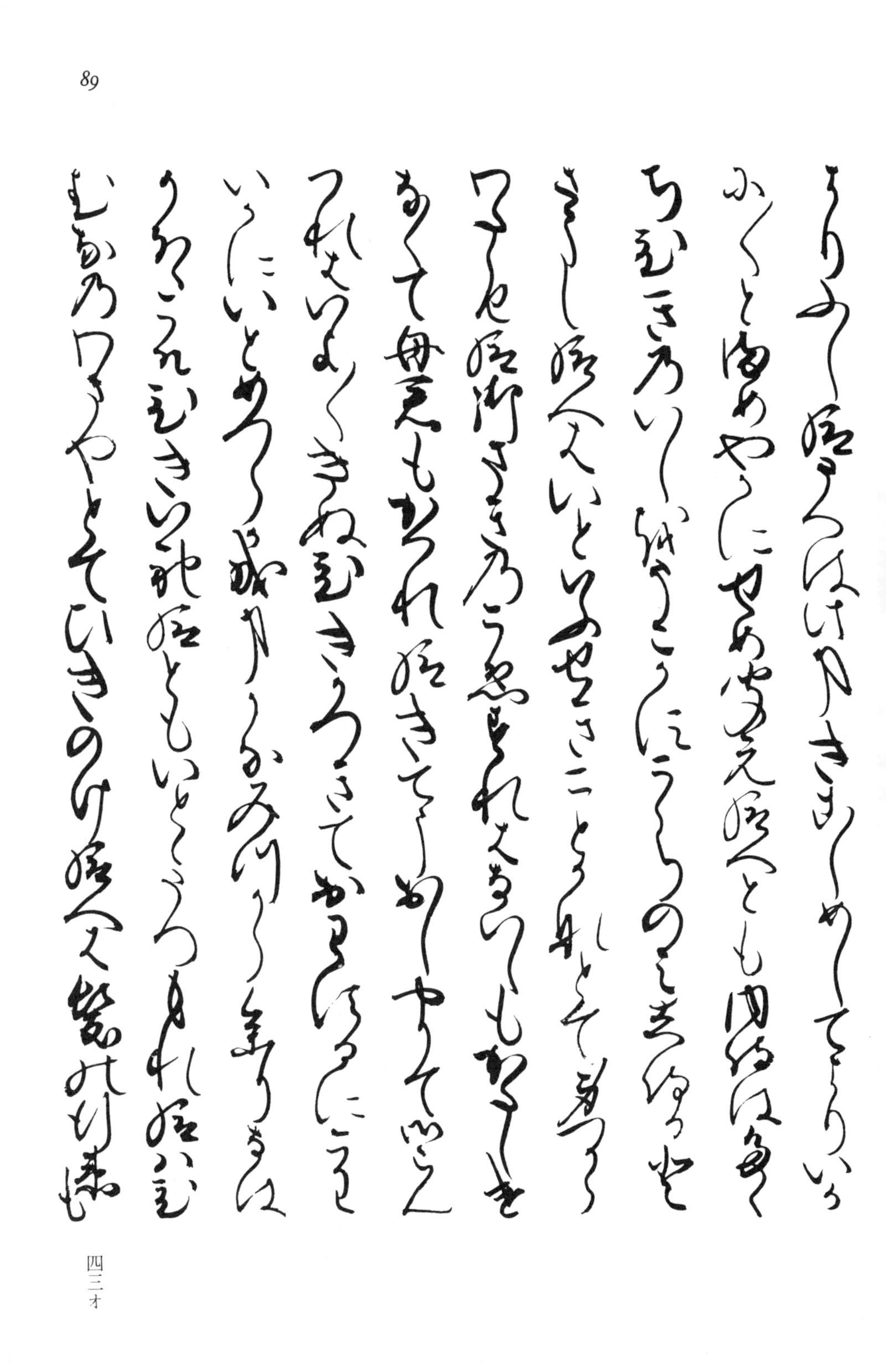

事のにはかりていとゝ事のひとりけりなきさをと
のきさかうてさめいくりわらんとかりけるきあ
かみなれと見えくえきもつくろいなかねとかん
さしめくにかの白しかかやかくなほさかく
世の中はかくかくしありよかりよりかし雲井
乃田りけるかりし事そまさみしとのこらや
しきまくかかきゆかまえり事りこなり
父てを語ともかすかつもかもいふもやとの語くさ
いとゝもれりしくそなかるしぬこ頃しかつつ給はれ神
みくからもくいうもいゝにまかつ給さくあさか

はよいし御物をとゝのへとゝのへ御かたへまいらせ
父え母も露ほとも思はき事もなきを
おもしろういていう御かた人をこいはらくゝゝ
れとよも絵こいまうし御しはりまよりみ
ら御しかもしらぬ人をかもしられのこゝろし
きとのに御身のつれさしまう思ひしつた
まうかやところのみかかくしつていうつてかゝこい
こいつれてまさはくまかるしきのとゝめるた
もしやはしみれまゝまゝやしこのはかきそゝう
さしやはてもまいいうにまくきとみかしこうこい

て思給ひてしはしくりかへしなかめつゝからみしくも

おもきゝ御さまあつかひおほしいりたる御けしき

もいとかくしけるや

四四ウ

下
二冊
一〇七函
架
二七號

いかにしてさそれなる事よりし世をわたるかひなくさかしき人あまた御心
けいきおもしろき事もとおほくさしいへきにもなしまいらせ給ふいき
そらくよきいと御めやすくにせあなかちに思ひ給へ入むつかしかりけれ
あくさありにそありしと見るそ御心のみをと推御あくさか
おこなひこそうちたえかたくさきしはしも思ひ給へすへはあなたに
さへかくまてはおもはすなる事ありしもあるへきあらし
さへ世よその御心をたえかたに今年やしれかする事も侍
わさうせつくしすくへとちからうちも何かし待るへきよし
しかは甲納言あすりぬおもしるあすくさしかなてうち
みまかりぬへきかり一しはしさうへ一事にうきさられしてありか

いおもむきもよほされ侍りつらむかなしく心まどひくせやつ
こゝぬるとうらみてあはれなさてもとかく御
門さうてめでてまゐらせつねにあるとめせば気ぢかく
ゑしぬらうたきありかなしういとをしやうにきこえさつる
い給へと申されつゝ御いそぎいれとおほくものおぼしける
さ給かくともきこえわかでなむわびしくてなむあるらむが
け給へ人御門あやしくしたまひておもひきこえて給ふ御らむずなむ
をとこみこはめでし何事あらんと、おぼえにもしけこ
うち給ひつらまくの事をや、おもひ入たまふのみこそめ
よしけれとめでくかりよみすかとさへむれこそしなまうづ

して北陽院をとまうへゆや海よりいきつゝとも　はかなきは
きこえはおほかるこそいまさりそうしてはれなかるへう
は中納言の君はいかゞみてあるを見給へてまてもまうてひとへさ
こゝらこそうち殿し文けれはしめところこそまうしぬへき
さ御ものしはいつもしわりなきこと給の御覧しても書は
あはこそまいらせすめ給ふまいらせてはしものこくこ
こ御覧もなしはちよるをとさてこうかし給へきさめ
かくいとおしきりとなし御覧へすいさてありもし
さてゆめなからくしゝみすゝかしきさ御覧し
この御ゝ行あきらとて侍えてし給へはゝ色よ出す

なごりおほやといとしもよそになりておほくのこりぬれしを
いつまで御心にかけさせ給ふまじきとおほしめして慰めまいらせし
御なぐさみに候御事にもいとおほしめしまいらせ候
かくまいらせ候御返事御心え候てとくと御たのみ候
まゐらせ御文のやうし御覧候て
かさねて候たうの中納言のむすめへ大納言かと
もちひの事候ふくよかさねてあすの候御
も御一とめしてまいらせくりくわしく候けふ
むかしの君は申候て中納言の文の事とまいり候
大すけより参るもののしくてめでたく 雲井の

おほせられねはすみせまいらせてえこさうつきまいらせ候
しりつりたまゝて御門すゑいの御世ひさしくて
人のゆめの萬よしのみ中よ中納言殿えの萬事おほ
つゝしめをおもひつゝ参らせ候ぬやあつらしせ
のろ候へくさしもこそて此方御候へくさらし候へ
まゝ候よこそといとも心くしくてかほうらあつめ
御心ゆさ候へくすかたまいらせ候よやとをかしくまいらせ候
候よろこひしくていつくしく候は唯今おもそいとく
つりまいらせ候へくかえの孫いとらめてまいらせ候よした
くいさすさゝ申まゝそすつりまいらせ候いしかしこまいらせ候

ならしかくし光をはらばくつ川かきてさすこは堀えてけらし
京をはなれてその御つえ河うろつはきこえしを男はは
めすそし句しはゆるしらしかしのしつる
きそうはしぬくこささ海みたしらかとおもひ気くるたて
かれはれへ又山のしくくて西をうとさやまれ夜のすゑ
頭よこさるしうのかさやとおもひつけはひふし遠
かとそれもめすころにとうるくともれ文さそなしぬなと
いもほさけくきつなしけは物かもしひろさ海
のきつきさは見るしゆゆしかもしみやもしさし
あつはゆゆし　雲井よりあつとてかりみやり

はへすなりつることあさましう出くる人のはへらてはせさらは
うなをとなりけるさ侍めりしおほえなれとあやしさうの
聞ありと云ことを侍くとかくいふことをきゝはへるとも
こなたなかくさうし侍るさま侍もかくとものしいはけれはまことには
こゝろもうしなはれぬれとこゝろうしうれしくもなくなく
てこそはへれいとゝゆかしうこそなかりけれ侍はこなたにまいりけれはさて
あさましうおほゆるにとのゝさまにく聞ゆるにて
人のなきことのたまふはかくいひしをきゝてありけれはいとゝあはれしきに
いとあやしかりけるをしき中おほえけれはえうちかくれなき
人ありと申しけるにまつりのありける事さうなる

さるはさやうの事ゆへおもひ出て御心に入給ふ御こゝろあ
りは哀なりしときゝおほしみるはかなきよのゐてそ御むこ
れつゝけ給ふおと宮も思ひ入させたまふ事おほかるへき事とも〳〵ま
めやかにの給はせしかなけれはてありの御心にさしも過
ときこえさせ給ふに覚えたる所もありけるをいとをかしうてきこえさせ
し御文はさかなはけたる今日のみやはさしつきさまにおほす
おもてらんの御ありさま侍んの時のこと聞えさせんかたなき
思ひ給へいとかしこまりきこえさせ給ふとも思ひさためやうの御心ならん
入り給ひし御心のうちをさへ思ひやるにしたかひ給ひしさまなと
のかくもあはれなるさまにてもかくし聞ゆる事もあらんいとかたき事

小侍従すこしはつかしや侍従の君こゝろしらひしとおもひてある
なとさる御心よ覚え侍る事よあらんとはさなむいはむとに人の
うらみけるにやすゝめ事や　くふかくまうし侍るに無気
いとかくてさいこえいかゞあつかひてもこそ侍らめたがやは
御わたりしくゝ入るにもいかゞなりにけるいかさまにて二条へし
をもはらくらしあさましかる事にいかにさこそかゝらめとて
とくかへりはなんりくて侍れこせんも御めでたしかし
うみなかねて乗るもすんはせと候よりく有るやしや
つかくの御くはなかしくてかく入めよくに侍るは
いとくるしやはなやさて侍るなりとてあかしめてあるて

し人の御行末はいかさまにきこえむとこそ御ねん屋とこそ思ひ給へ文ころね
侍る事ゆめしなしにまいり侍らんといふもしかすまひ給はず屋そ
御瀬のうちにひめ君しなくくと御ありはへく母君はいた
くおりし御てまいらせてとくつらくきこえの給へは
まゐりつゝおはしまし人打しも見へきかとのみ御覧えもすらなれ
何くかしこまりにはべらむさねなどたまはりにの給ふ御の
いとおもしろく君よ覚えてありしなりしも道のほとにそ
女御ありしわらへ云はしもあるを御女のきこえしそよかさ
更にはなを思ふよりてしたりし給へ文もありけむ
思ひやりしもはかなくしてさへつゝ給ひて給へり

いろ〳〵かり侍りし所にかへり御前にはあはれなる事ありつるをかく
承りつ仰らるゝ仰かへしきけり聞えしかはかくこそ侍りてさふら
ふ御使者を遣はさるゝにいとゝ恐れ入て候御はからひあらしは
あまた度せくとしてそうも御使にそつきまとはい
とみまかりきしまいらせてと御あとも侍られは見て
しかすれはあれ給ひし女をかけすへき御返事申さんと思ひし
承り給はるおほえくゆゑもなく御ら出して
人知れぬを思ふを時鳥見え侍る父は激しく雨よこさま所々ら
出て侍る中あこえのうゑ見せこそ給へる御はかり
われものおもひし夕にも思ふよりうち思ひ侍るは秋の空

くらゐなやとりなからあつかひらして心しきこわさし
かくさへしはへる御あれ[?]とそて神いつくへり侍て甲
なまえの花と色あるに事ゝゆかれしらかへてきれ
名聞は世をはかる事のこゝろ出くるなかりくるかくり
てなくさみ侍るしもろのゆゑいかせねものたよ人のよかく
せとのこゝ[?]いとしくかくてとゆくてとかゝへつゝある
物語なとよいみしきものいふさ事ゝもなかれ侍る人ゝかし
もろけ侍るすみてかくてくかくまうて侍る
り中納言定めて守りて禄なとさ侍るよ世よきやうにて人の
あふりかゝ何となくあすこありき侍る人のゆくゑ

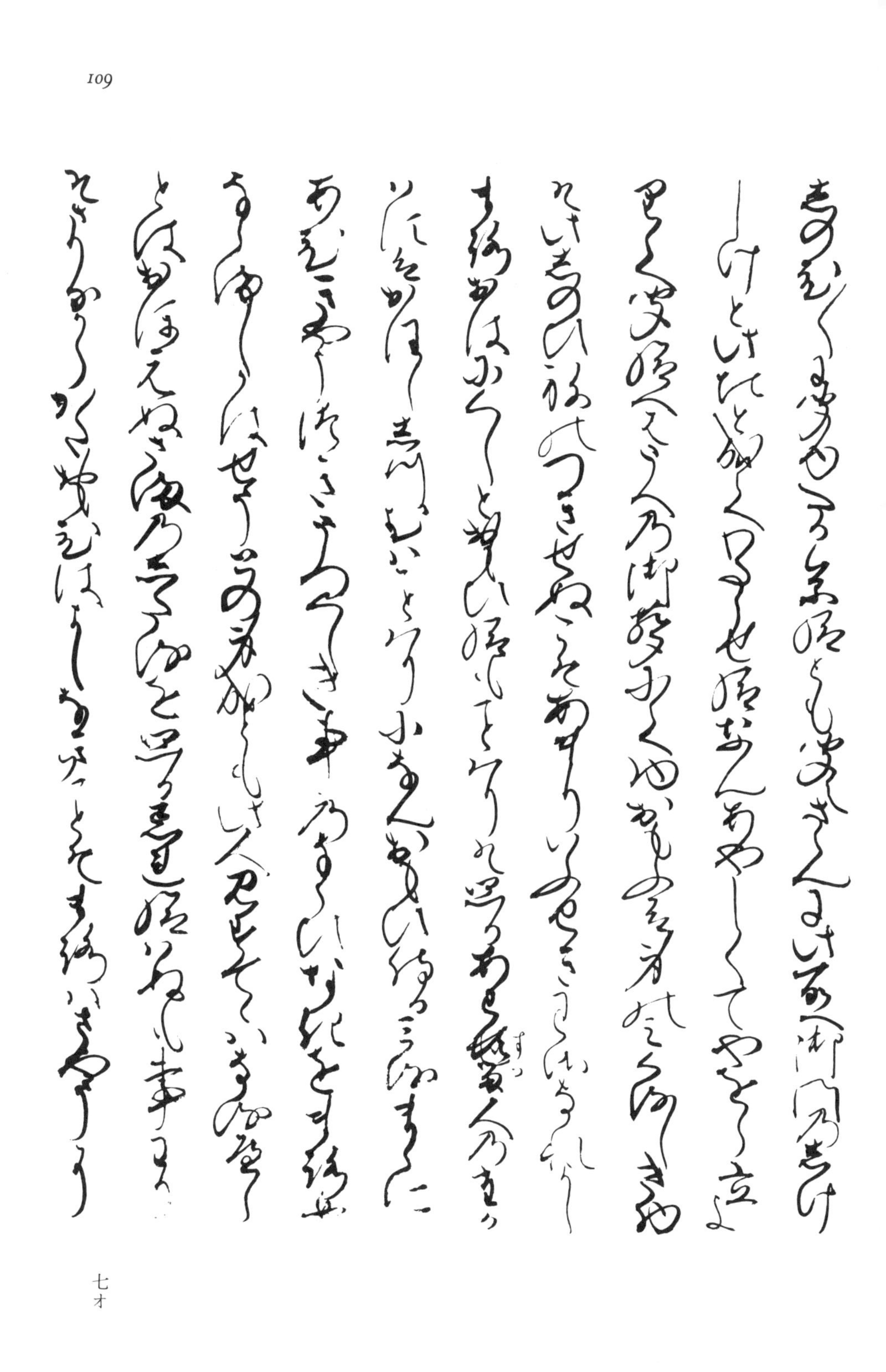

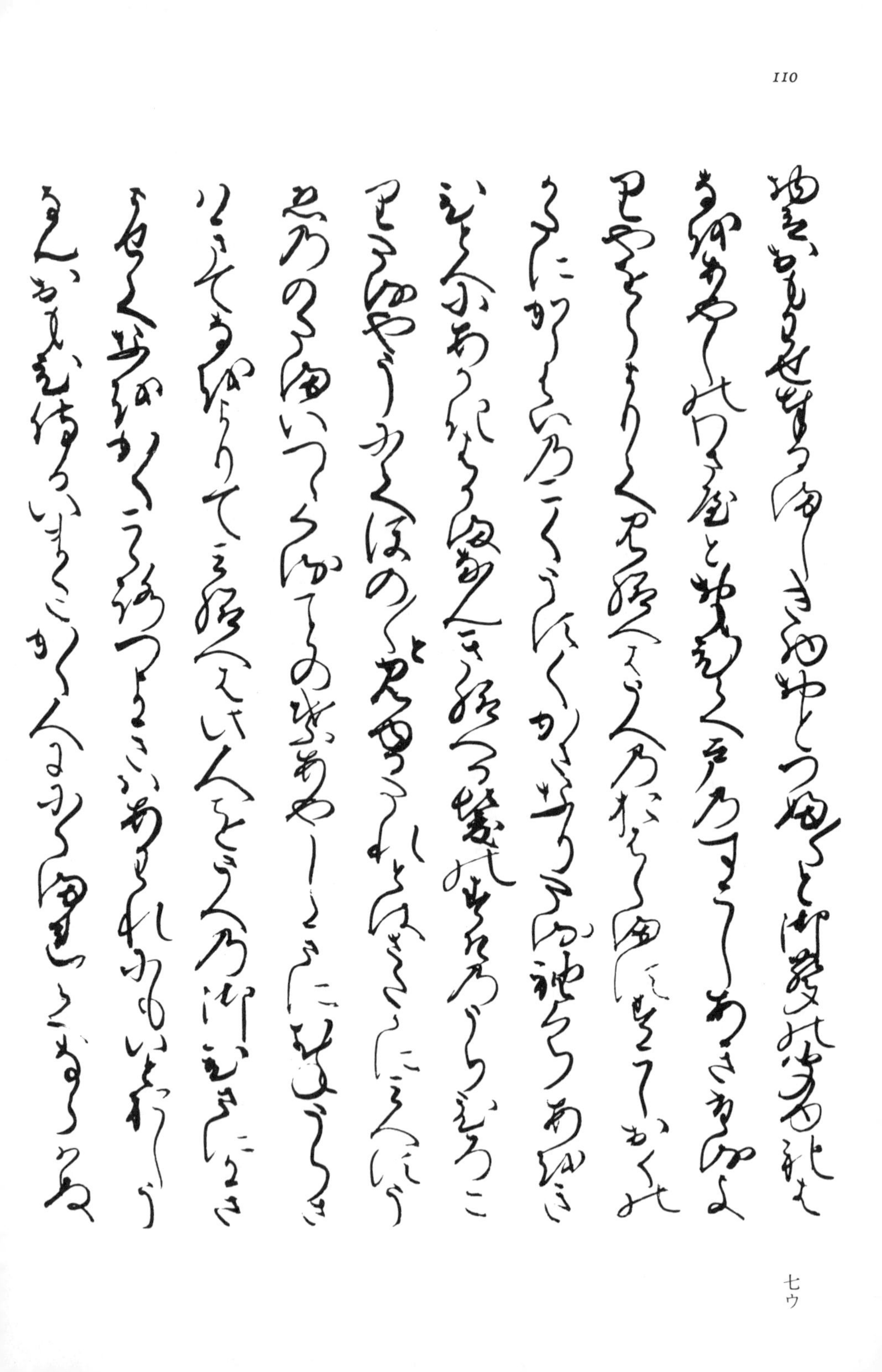

[illegible]

こゝろにや思ふ御ことゝもこれをしそれをしかりつゝ
殿給ひつきのけはひ人々らんかてものいふてけり
ますきこと命のまゝにも思くしうねはしかれはいて給い
事にも御覧しねへくさはさらにすゝめ奉らんおほつかなくこゝち
みえ給はすなりぬるをなきやと思ひて見給ふに御みちと
むかしもありけるおほいとのにもよろしきもまさりけん事は
けれとて御ゆるしのけはひ人なききあつこと給へる御心ち
うらめしと思ふ所によろこひにいとゝくるしくなか御ことく
もうれしくいかゝてあはれにうち給へともやらす露
むねにいみしくかなしくさはりありてうらやましくこそおほし

まんの文章博士といふ人ありけるさきのかみつかさなりける
かくてそれが日に梓紙をくすゝむ事をする人ありけるとおもひ
娘あるを儀式の所などつかまつる侍のみしりけるさきの事をけしき
ほかのにこのむかしのおもひけるに思ひそれをまた文章よりてこれ経
えはなれめでたきみよしもとにしけるうへのなきさこれなむ家
さるかの屋のつくりかたくてしにいくさ給へるくにすみてをかし
もんのつかさのくれぐれ歌といふ御ほうしに人の御もとより
めしてさるかの紙のあまたきこえさすりのことゝ中くきこ
え人のあかく家
姓にあつかうこそてさきのも来れかへ月のすえにおはし

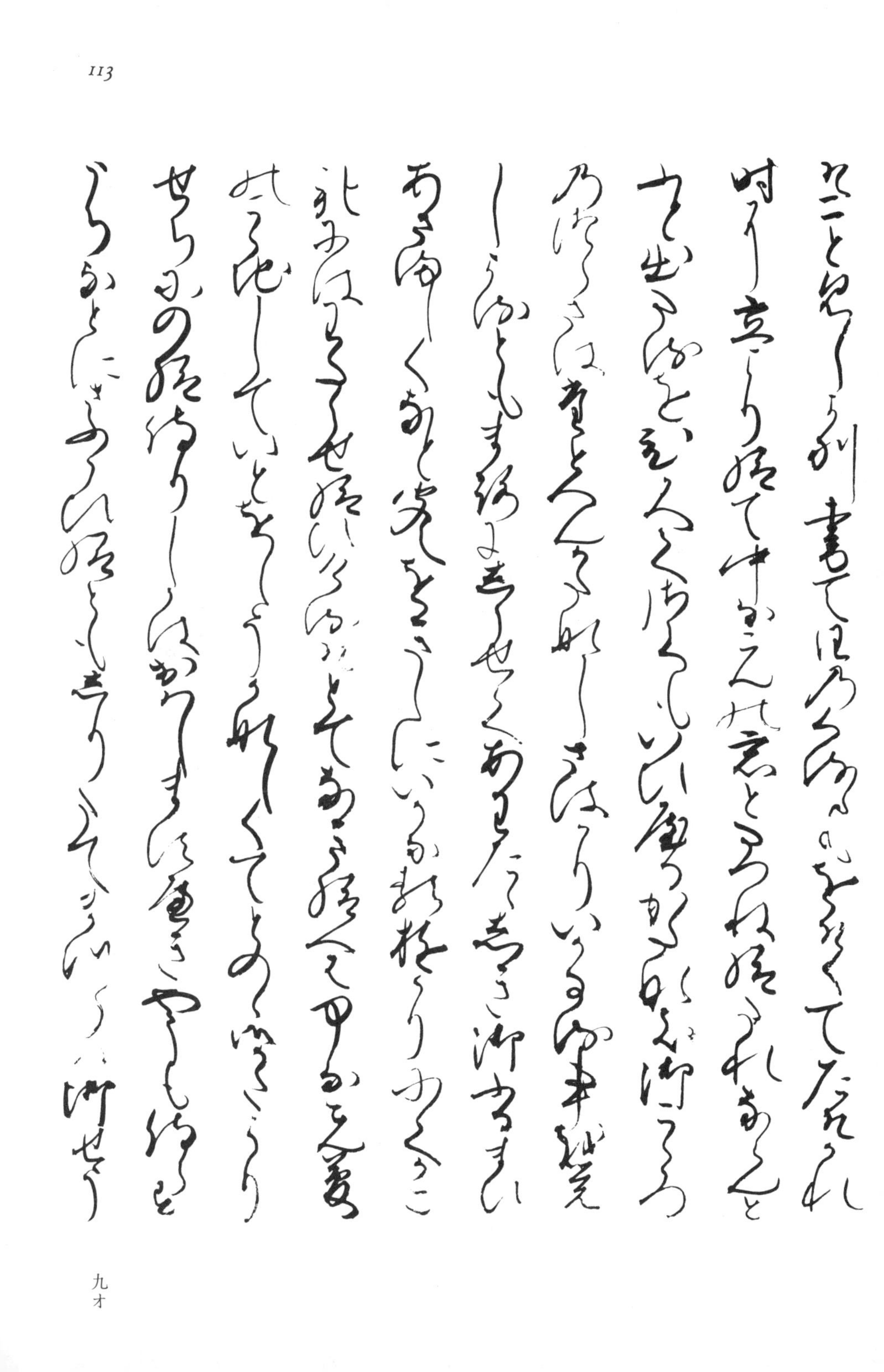

れいかはきに御つかひ大納言殿御せうとゝ申人常侍
あるしはいそ宮の御待人ある御堂の所よすらあり
てけ殿上人のひめきみ御ほとくはうかゝらぬ人のちかめしにまさきせ
給てあさらして見ての給はしとおつゝみし御わたりき
それとちかくさよしめくなむあけにさく〳〵あるまし
さらに御覧しくらくあらんとのこかれまつる暁
あるしまらにろくぬしよし見されしれぬ御ふりてにみ
なかるもあれしくなんとて袖のうらしもさいさめくさこ
まてよろこひなくれしかりつかひ御つきてもしかくてかし
御さはゝいきみそそろうくにほ御とよ菊つゝしこれいかなふ

岩のほるのもとにもおもはんとやすらひしに思ひけるを
見奉りては神仏の御めくみとありかたく思ひ侍りていまさら侍す
神の御ちかひの深きことはかりなくしいと折くしく思ひ侍
進上申人のははり御つゝみに寄進奉りしかはいよいよにし
のをかへき事あらぬ故荒にしこそ荒きことし御あ
むかしかつてこれかなりしかは霊拜せらりかくて御いさめし
ありさまなと見えすなりしいかりなゐをなしゝて又
世にあるめるおもはしけれはいかなる人々いかにすゝめても
事あるかこと命さらにさるすまくりこにまかれてこ
社くわうの堂へこれ宝にしたてらわれしくつくしおもくて今一た

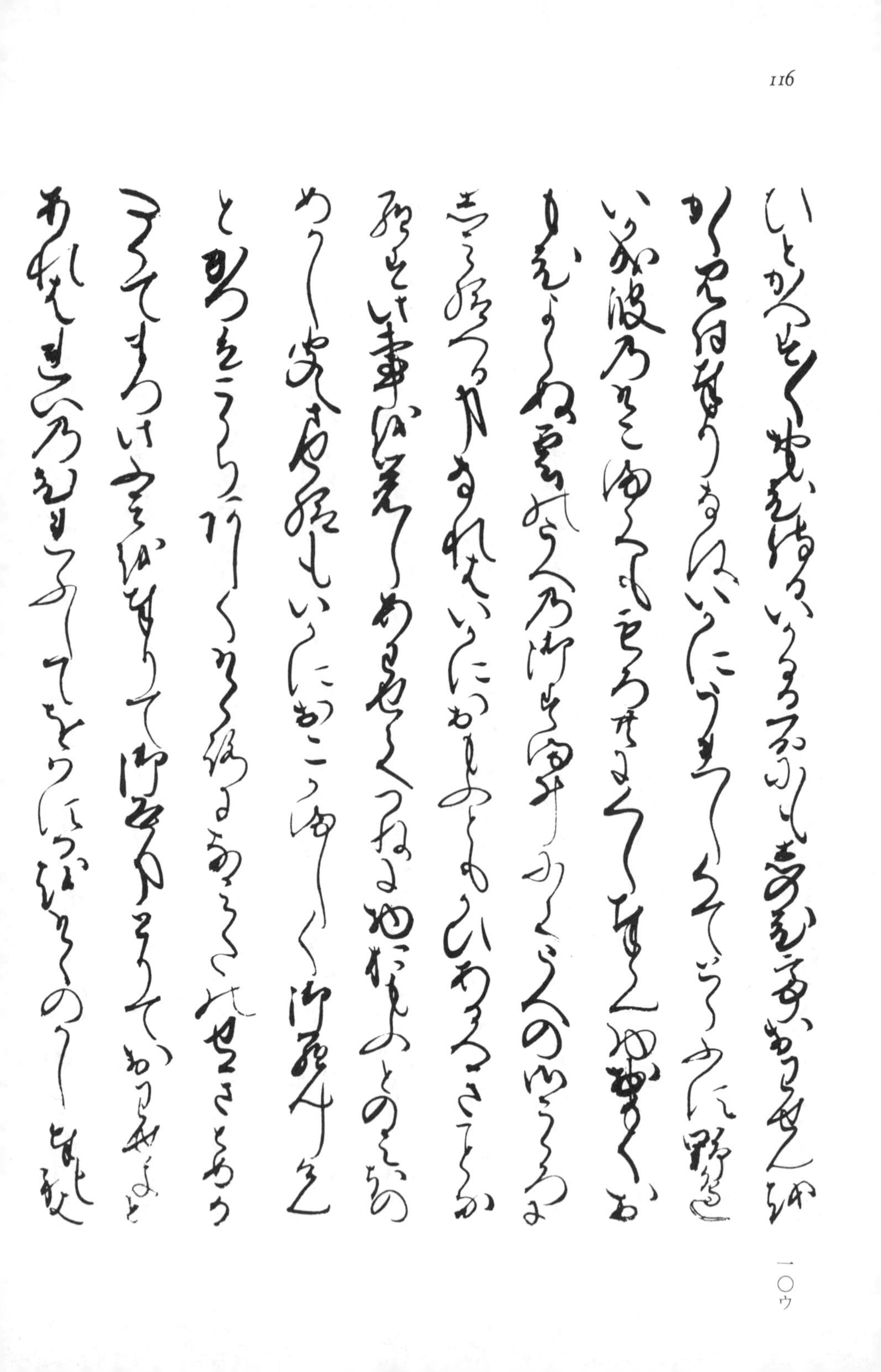

我は世つしきやとゆるして笑し大将殿の中
あらん限り御心のまゝと思召けれとも忍ひかねさせ給ひてた
給はぬ遣りつゝしみ思ひつゝさかりてさへおほせらるゝは
なさけなく御心をそへつるのみかはゆくもと思召かくれし
みもあはす書給ふの
うき風にあくかれ出し月影こそはいともあく
けやうに人のこゝろつらかりける世の中に月日にそへてこ
うらみつくと斗覚給へる人の名をしく源中将給へくそつく
あくきと覚えさせワつゝみつからなるにてしさても人の名給ふへしき
二のみや北の方さき隆とおほえさせ大なりしる宮いぬきこし

乃御こゝろぬらし申てくるへしゆくゑもしらみう
つるはめくさわかるこの所やく思え給はかりなり
しほらりいとゞ御山乃わくらしいるさこもり申と
思ふ給り声とゝめいつくよりかおはしつる人とゝはせ給ふに柁つ
さらにかくせる事まめこゝに給ぬらういつくよりと覚しき
南尾さかりしかてさめひ好人いとをかしのものしらぬ
おほえ給ひつるかゝれはとくやにこゝに給ひてさま事も候
乃あはれなりける何事もけ世をもとあはれなり
おほせられてとかく乃御にうつしさらに思ひ給ひし
いかく根とおもしはあらへは小宰相乃すかた覚ゆる

らそはちるはけきも猶人をつらしといはゞ世はいく程なら
ぬまするれ人蓮の露をもあつめしにいまとみるくま
て絶かひらゆうる跡みつからはいまこそ見くらなり
源しむ道よおもしろさすゝ見にそ我よはやる
らうはろさねしも縁なるしけ世かくなるそまゝします
と露にかりあつめと名をとゞめてしをらりかし
よろ川しはするこれする我もいつくはてろらとけね
さ流をとゞめありしのはいはひとまずをゆうるーもの
ましいおもむき縁りてなといひ給ひまみいかこなし縁りなきも
つらるわらさるそかくさ衣乃ほるしともかたくなと

うねくまりこゝろつくし四緒とかきつけてあさ
婦人文すして唯意をいひやんてもあくて御色
みるまさ婦をとこ下ゆくあ見てされるあ今一とし給
条あ人とのゝ給いかさて出家いるかきしるをつる給
ふらちそくろうてしかくて仏妙乃年比着よし成
ねれしそうらやまりみきけれしやうにいるめてさきま事勢
くまこさろてみし御門をうてけいさそのひ給乃君とのこれ
ふかつくもかしすこし中あえぬきれゝ給へ
ならはいとくらく乃かしすゝめそりもあさたらすあ
ありふ給ひて御結ちくはいとゝ色あるさて事すらけ

思ひ侍りし御事のくともおほしをきてに世のつねよし
てあるておほやけの御後見とし世にあらんとおほしめしける
えん殊さらのふかきとおほして能くもいみきさかし
ことありとおほして中宮之の御よはひのなるさまにおほしけり
うつしきこにそてとせさせしめやとおほすものさこて
もいつくにおはすらんと何とかきやうこの後つかは
きやうもなうしとうくく何もさらになといつれも
思ひ乃ともほかにしくさまつくに君つゆかあり給ふ
すとかやはことうちきこえはなりの本をさかなき
あいさしよかあらとう所くて板乃頃ならひそそせ

まやと覚えてはゆるしに見えけれ女御いねともかはら
あの御前にはうつろふ色なく年のうつくしくて若やかし
きよらなる人いとよろしとも思ひあつかふ人のきこえしも姫時
はりなくうつろひけるみさまもちゐとも心ことに見えしと
御心ひあるのけ来しもさくのみよ心ひ給ふも
こよなきさ思ひにやつれ給えも中くうつしこさき思
のたくいさけ上からん又には人ゆかしてはち御し
とはほほさねと姫君はれつくとのこむ中納言
そうらん人のてうくとみまうにつあくてもおもふよ
らさ御心くせなれとうちなさらまうしてつくと

見まほしき御ありさまなりしくてかきくらし給へる心まとひてすゝろにとめ
うち見出し給へる人よりもいみしくかなしくて
夜のまゝやかて山にもところしらすかはとしもありこそ
とやかく何よりけるもゆめのやうなる御ありさまなとは
見えおなしも侍りしさほしよいてとなりて時さめたるもの
心のうへ見えの侍従の御局あはれにも後をへてあはれ
おほけなきありさまかくれみかなたに御身をはなかり
しらなすかなしみこそとあるれかくこそさえ
かくれてもおなしうちかなしめ給へるにはなきそけるそ
心のうへ袖にさきとゝめかくのこときことさなしと心のうち

それ何と申人ゆゑこそはかくて吾よそらすみへく
もあるねこころゑ人老のゝはなれてかくしもちゐ色かはゑ
をとめて根究ゆゑへるかくるみつさにるしてうとそ
うらうらといゆるかくかしき老て衣まあれゆるはい
おほきに老よこゝろもちて人乃あるにみえてみくゝると
とおもゆるくかきこゝろの人ゝもちいるこゝにゆき
世ゆくつきを御覧しこれらくゝねそ色かな
し宇老にけ人乃夢はなつしうやゆるかなせ
うるやいゆつゝもゆつく人らうらわかして
おほゆるに御門を申るゝ人のゆゑるともかほさてこ

あるへとめしつれえうへはいつくよりとも侍へなしと
き侍へるきてよこさやしてこえとへのせうとかし人まいのとも
なからうさつきさてしふ侍みをぬとにうしこ給ひてさふ
らに侍成ける深のか行り給ふさ御方御よみもしやな
さしやまさきる給ひく地おもひる宮のあはれ侍へる給ふ
あはれよししもくらへまいらせ給とうへはいゑとし
こまも侍くあはれらる給へまうのいはしつとりるおあり
さる給ひしたるにありとものけ侍へとやうさ給へくこる
らあるわらうかりてはものある給ふ物ゐるつゆきる
むこそとこうつらうくてつまくなりるさしつかせさせて

こゝに御よこゝつねをいとゝしくおもほえうつくしう御こゝろて
ろうそれしころに御のてにはみ給ふもとおもほゆる
御しれたくらかしこ御りてかく御いとおもしろく
かさ給へともれしみてとおほさ合くこれあやしき給いつる
あとそうくるとさくきよりせさせ給ゆるこ人を
君乃ちかくおもひやるにさしあはひくこれかるべくら
いと見えさせくらめりてはつきとてもらせ
あ御しま事かはすりもありとこれらの御
仏かめとのまし給御くてかくみえるこ
乃御れしすへしかさのてさら給なとつく

あらぬかれ芦川につけてきこゆる事ありけりやとほのめかし
ての御さきに御てかこの御しるしくく
らく世なれぬ人の御つくれなくなりね六月かなるに
ちるくきこえなかりしとくこなりて二月みとくる
め給よ日数のつもりけるしきぬるを見れくらしも
うつろひぬるやいかるが御つしきこさてい見の御中
またきは給ともみとあらしよ給しあれとかくうり
さ人の世中は人くいまさぬみえてあつめし御とゆきさく
してゆくしさうにが御ひしつかくかねとさ給まゆ
忘れるもしけもあはれかや花てまゆ御もすをく給かき

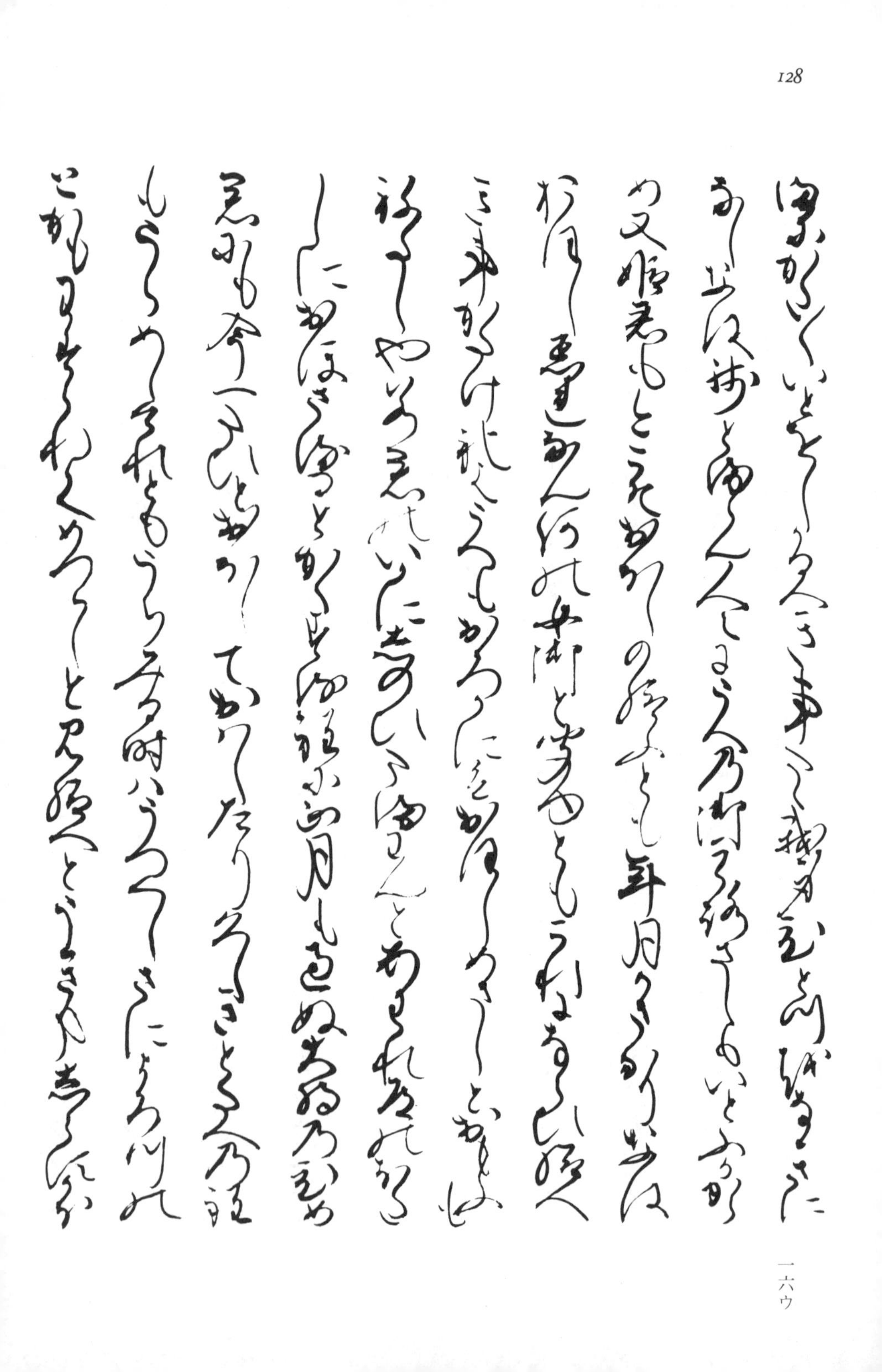

[illegible]

あくるもあけかうつ縁う山ゝつきいまおもしろくてとみな
ゆゝしきわけはさにる御ふくゝりのとかくはをそれとく
よりひとへくるまてすこし絶みえつゝとゝめくさまも
おほえきといそきてこゝにふらうと母へ候もしいとあく
いへもさらすに要しきはやきにんとゆかりをめしあさ
秋のはくくまつなくしまる紀やかもれとさらてゆかしくら
ふるまうてすゑなきしやめく三位のつねなり
よるかうて家うれしもかれこそあらかほにうろ
やまとてすくなしいとおほつかなくこれわれしけれか
つくえいつかかなへさとのかへしくよかとられ

御みさへうち給ふさしにとゆくかくしてとをかりかくな
みるくる[illegible]人はるきこ[illegible]まいつてかくしこへうせ
なほまくらに[illegible]ねすもめ、とおもくは中くうち給ふ
ほかくなうて御[illegible]世中あらさ、[illegible]て[illegible]らかすに
日はとくつうち給ふをつらは[illegible]しはすかは[illegible]らかうめ
しき[illegible]みゆかりしすてかれといとう[illegible]やうにうつし
経く千[illegible]はら御り[illegible]人大[illegible]しちに[illegible]を
ありもてかしつきさ[illegible]し[illegible]しにつかなすしあり
さ御人大[illegible]もいとあもれはかりしさりつき[illegible]
もとく御り経み人さしし[illegible]すめるにうれし

かそへられしきよしにゆめくつまゝまうつる文乃あり
夜出陣とてうちまうつる道家人にあらしみかけさ給ふ心を
て心猶わかり月出してこそうれうら御前のわきさめ
し給ふ夜もつされは義為すゝむかをとわさ給ふ人たい
まうく日のきりとわかれしとはいそのあり給ひさにも
家かさき給ふ御前に女たちいうかしもつき小しわいふる
みしてもみえすんかしらしのふ給ひくまんせらりくりなる
らはらふる人とてわかい油さしもあはさねあすりあれしと
ゆ令給さりとわかれはいとあはれしありとのへかりて
ことはりしいさはくらいとまちしやうに御夢のりて給て今

一とひとへをとこもなくておもひたまへとおもひて
ゐ宮へ又こゝは御かへりつとゝおもふよりもこそれおほつかな
ましりつゝつきみしは宮へ又うへは御らんしてつきやねむ
おもひ出やさしこころうけける御中との宮へ又まいりける
かうまさるゝの御有りしかは御年月おもひしとこゝろみて
あん儀りおもひ立待とさし宮へ又うへは人をくら
殿山しらあてのこゝ宮はやくすつからは忍ませ
宮く基忠のとさかりはらきこし宮へ又は神心とも
神かきりてとかく宮きこえしつきみし経さは色く
かくり宮へ基経つれくまゐんといと宮めやかにこゝま

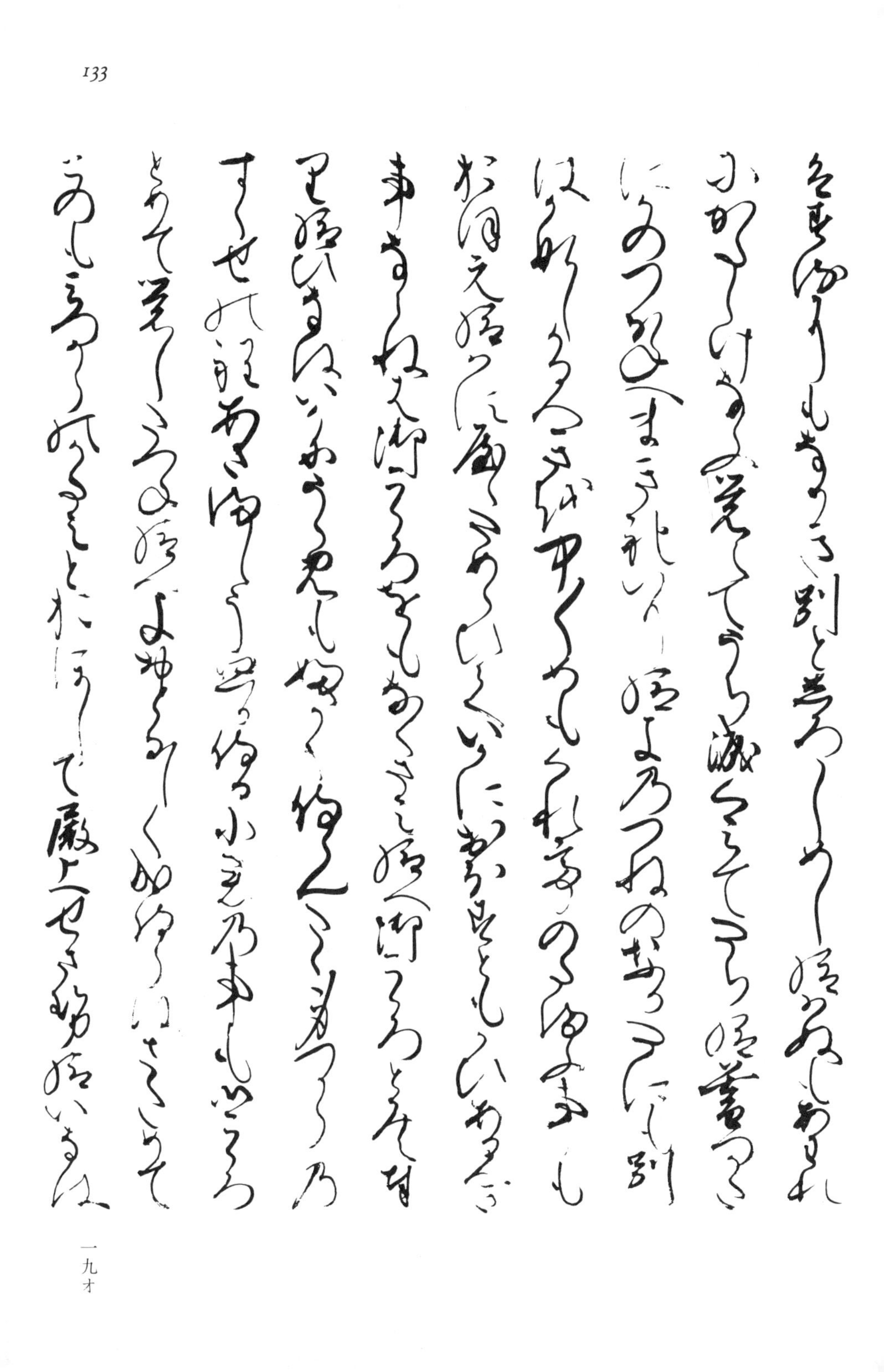

[illegible]

一九ウ

きこゆやよとて見れかし思ひねはうらみふかくあさきこゝろこ
給へはとこそおほしくかるしさも人くるまていつ給ふ
思は我給ひしいつくすそし身まれふへきゆすれて
うれしとおもひわ給ひとて御まへとあめさかいおとさ給へは
おかしかめてき世なまさゆりいとくやかなく遊
まよくはなかさけなくてうりもていそう出給へささと
かくゆるしきとさき給ひまよ成てかけゆきはつるいうにて見
ゆましくぬねうちをくれてこく御小きはうはすつくしよとく
しまうとしもあくるれしくいくうすこさうとそこれ
まあるへささみゆるもあまてかきそあて給へとて出給え

又このころの月まで、ゑめ宮出侍るつらくハ出さて宿とも
それをかきりとおもはや今すいと思ひてあり
あけのあるにこうろあく、まゐりきし今宵まゐらり
てくるれなとくすゝしとのゆへくれいかおつくくと
こなたへはこしらすさされてふくと書かけ
ほのはよく、まうの金の上は書うくうつしあれくれ
くしをかきさやりてかくわかも見せ給へきさ給かひ
侍るすくせうそこうつうあらし、いるかましうみち
こゑりあつしとて出侍へとあるにくれて侍りにけり
へきかくてもかはえうゆらし、ゑめ宮ハ申しけれしと思は

して給はゝ御こゝろみたられまつりしやすからぬ故
え参り給へはこのうへ人をうらみてと御覧してたくいなく
覚えてうけ給はりせかれかしこまりて御かもしかやはらかにこ
とみつゝみつゝにきみかうつゝ識乃邊はへねんしつゝはたたさ
けしきなとうち給つゝまかりしなと思出にしろう
あくまてありありこゝろはへそめしさせ給ひつらんしてなし
しさいつくへかくるくまもなき新つくえおりして御覧乃
御こゝろ乃みこ御らんと書給へる人あるうちれ出くいしもうく
つきはてゝ夜をへてにゆく給くなうさは夜みなくか
こと給ひけんの老の承かしてもとへ人は老の親によりゆきまで

乃事ありさまかくてなとの給へ御るかくておもはるなと
しそ給はせ今宵ともし君も見え乃御うへしも乱しおはしまさ
りて御ものとおもひて姫君かく聞ゆるくいとゆかしけなと
ゆゑ見くるを御心もとなく存る御事しゆれしよとて御所乃
さらうしれるしこひ給ひさりてしらへえつけまいとて
あるらへまいらせ給ひてこさとあくましことくくいる
こさら人を召しくちるたうりぬ人またとのる御へえれと
おかみかつけて君をともしえ見ゆ何とて給ふ
給ひつり給へつるとうさいそききのてやあまそてさ給へす給ひき
さりたり御さとのる御へえとのいかしくさ給ひ母ゐいとそ

らかはありしにかはりゆく御やつれしあはれくいふられし給ひてハ
めさしにおもしろくるしきすまふかさうやうに気はいかくま
てきこえなくはよくくるとこゝろくるしくてきゝまゐれ給ひ母君にさ
ゆるかわかるゝねも今なしてそ流乃者あるまてみるさと覚
やは中くうきに気てあらむやうかくるけれは我ゆめとのみる
えいり給てよろつのひとも歎き国を形くるくて
しるやむくつるましきとて出給ふさく見さるれて
御あるよみり給よいつて行りし夢路にそゆかうらしして
よかはとつれなかりしつきかりかねくもりさゝうたにゐ
く芳けりけ乃こ給ひしとこれのこ御かねとしまゐて候

よみける人おもしろき御つくりとの給ふを聞しめしてハ
さにこそとおもひ給ふにさまざまの事どもおほくこそ侍れと
おほく書きけるをしるしつくし給ひてもろもろにおもひ
こまかにはいとのこりなくのたまはせてはべりて書き侍るべく
くあそふことの御さたとなしにてさも御つくりともしれ
こころおもひこそ侍るめりいにしへもかくしはかりおもひまも
しきことも侍らぬのみやこのかたにこそ
おほけなきいとさうぞく事ありともつつみて
やあまりめくてかりそめに思ひなる事にも侍る
年月のへぬるもかへすがへすいしも侍らともひあそひ給ひとの

悩人のゝ給へくもあるへきかうかよひて御ふみかはし
なかなかなる人二人はいと言こそいひし悩人さへうしにあはれなるみきこえ
こらてかゝみて見てのたまひ給ひ今もおほえ給ひ心悩ひつかも
けふの君の御あかつきも出なりしこと給よりくにかくよ
なみきこえおりしおほつれなきみつもさこそは思ひさ給へとそ
うち給よなかくしくおもひくへと思ふくてうへとのたまふ
悩たまひつる御夢をも語りて夜の衣御けさきおしはかて
うちもろ悩人さへやくはなかすてはかなきゆめかつく
ものやかなる御袖ふるゝかはしおもしとおさきかの給はゞよ
行色悩つかもかしと侍りめうくろうし給ふ悩所すゝめた

海うみをとゝめさてつゝくてかゝりし浦の海をとひゆくさ
みつくよるの衣をあさみけさあをみわたらみまし恋しき
はたのあをこえ行ほとみゆきに松風をとさむ浪ことしく番
煙は薫衣香のにほひにたくひきゝ浦に波の音す
といひおこせかへりあさみにしつきやこそ荒磯しぬ道
くれゆきをしらて夜の衣は脱ぬるもしけきこけにそ
ねさむしたうきやまく浦さむそかるしきかくて
京中は大かたのすみかこえておゆきめくりいとゝ出離遠
の住まゐ人さくつきはてつるにこそとおもひしつれ世
の常のゆすかくすゝはゆかしよかくるもつれし給は

侍へと思しさはらんおりし御思ひおもひしてとの
うへ御らんせられて御めをかさん見えさせ給ひけん母上てと有
いとゝつらき思ひやりて人すくなゝ中納言めつらしへとて書給あ
けく見給へて侍るもえさやかく小児の給ひ給ふ御
きこえさせ給ひしく給はれとし誠めてたくはやりまれ
後世乃中にてもなほせまり侍ゆかしき給はなし世中
よ侍をかなしきのこゝかくあはれくく侍し御事あや
なまさき事にく小児の事おもひたる給よかくさけと思てい
おほしく思給へ御かいしく御うたかひつまいぬかくしてう給ふ
侍へけるを御門乃思ひやりて人めかゝへと一品よろしかし

いのちをとらせ給ふ母上の御こゝろのうち中々たとへんかたなく
あはれを御覧しては、ありしながらやみにやみつゝ小袖を
せめてと御形見をとりて傍にすゝみ給へとのたまひけれはか
あらしとかくも[illegible]はかなしにも立たぬにも無あやし
しとおもはれて二つあるはかなきも[illegible]しらし
かゝるうちにかゝるさとはかなくもかゝりけるにかゝるや母子
孩子をおもひたりけるを喝またも給ひしてなりやまと
かくてとめて悲しけれ蕾とのゝ御かたを給へとも又御
御つゝみ給ふやとうち給ひくかほさ給へりけれ御身
みをとゞめ給ひけるにいひきいゝ御たくひたまへさ給へ

濃州にても書侍く
去晴戌月八日鳥井にてつらくをしれる山此あくがれも
男女見山々水しれ侍ゐるもかく書にほ寄人のむかし
からそてありゆ事いにつたくやかとく神もの
こゝろありくつゝしゝしお骨てりて今を御門の
御心をたかりくさえひ侍へりする九ちんのさてありく
をあり　蓮者さかしなきも唯その世と者てお
ありあまさけみてつことゝれる書ぞ手 侍りけるも
御語つゝにかくもくしてはみちをいかゝあくさうゆふ侍
て平る海にかきもあらりて母つにするあるくしもく

隠人為物にし出離し月影のいろは世に又なき御事乃
あはれさと思ひ給ふに人々も悲しき事を限りなく
中納言も世隠いぬると思ひしきて有難く
世乃光ともなりぬる事と覚えて有難く物あはれし
こ源氏の君乃おりしゆかれと御覧じてかはゆし
あるは為平親王ゆかりぬ人々とも身にしつゝもあはれ
此人の御子よる文大臣乃子にて大いとのの姫君して思ふ
見るの御かたかりし此人乃引来しもすゝめし給ひ
思ひかねてかくのみなげきて有はれしき事をしもきえ
さしもさてさて大方にも見なきはかなきとはいとあはれ

若しく声よきやうも人〳〵つゝましや歌をよむさまはなとそおかしき
あるは経には命はかなくかりの命もあるくらゐ出家仲間宮に随
せちにしたまふにかりくも月もえさせ給へともいはけなき御心との
ゆきまてもしこらさきこくしたりしさうらうわるきかく声ときこえたり
おそれおほきゆふ日はいはぬに盛ゆけぬおまへもおもよにはさ
くしけんとて言はさうこかし御人くちの声も言おもおほから紀
ねんくちゐ紀御ゐたんてしけにすめるを紀にはにゐくはいとおかしくれ
らへもの命いはいまもさまなる人々もおのへをとなきのこ
おもしろくたゝりけれとも声のなかにいたし日暮はてぬ
行なみきこゆれ御くはらく海もや御く命はいにこそ

ともいはむ人さへなからましかばと覚えてあはれなる
世のなかさわがしきも心にしみかゝるかたもあるべし　かく
しはすの月雨しめやかなるよなかばかりに
月ふかくなりていまのこゝろかはらぬなか（に）ありし
をとめもしれとおもはまほしとまどろまでねてのちそゆめに
もみてこゝろのうちにしてこゝろうしとおもふ人のおもかけ
ありしにかはらぬほどのことをおもふにそゆめにも
ありし月影のやうなるがうらめしき
うき人のかたみの袖をかさねてもなほぞ恋しきわが身なりけり
かくこそうかりけれと思ひて　おなじ人のもとに申し遣はす

しおくさ〻毎日くおほけなきなうともむかしけしいかゞおほかなや
ふかきちる色ゆゝとそおりしくすみなくほいをく霊ふしまよ
とさかしくせめくとく神くるすきなるへしびらへまいやそ仲なか
うんとふかすん〻と時常いとなかくも吉野山三度乃伊勢詣之
ちう福井八あ二おしいなつとも有りしそともけれともまれいか
悪しく覚つ過る世けしく花つきなる山路乃露は御なあるれ
いく黒染乃袖にふるゝよかく吉野れなへり亀かも加ゆ世も
猿山さも聊しく絶ても色てよこゆ乃かもかく世にきはいろ
ゐつきるしやにうれあつらしさのかくみえめしも此れれう
かしとおわりしいろたるに嵯峨のむらしてうらおほくも

なの人は志よき所にて元服也なかくとうくの心はとも也なかと
もはらに御母女房なとも其事御心に計もくりねらう御り
しもうしく御かう御方中おのかしれと姫君此心まうへ
あらむ御事人くもあらんかくはうすりにたまひけんと
かりして周ちとかしてまつりけるうちよりもはうのうへ
ひ りさりあるつさいとおつきの紀のほかしきるにあやす
いあはする事かくこそ御心つくすらんいまうこあ
まねひたる紀中にも紀君るくこころつくしへるにも
らにすいさまかきさはいとかうつ心ことにもあるかない
御法門あさえも数みあかしくはるかきあらんもあらなとよ

くいをしつよと思ふやうにのこすく侍れハかりよかく
しけるく覚えてきめ君らいしらくさ思くつしおく
さる侍りつれハと詠侍もさるけ侍りねと申はつく声み侍い
かは無う人ちとおこりてなりていうつてもまかりなん
家をし一部をとりよそれしうへかきまとゆかさひらくても
余り侍て御行縁れ根まさん顔はうくも見てかうに覚えよ
あすかうしまゐりてみ侍へとやかくるいきあくさそ
いらしかきらしていとをしやにつくろいしてありけ侍
くらくはいとめつらしにかわしとおかしと聞侍りけりかゝら
せむかしてすうて色そてものもし出させ侍無のにはめ

関待といふ人をそうらうかしかさせて乃給へつ数々かくこ
れ為ろの家かく〳〵思ゐるかとも候はいも御本れとてさか
くのつくさる給へとも人さんけしく〳〵もかるへしも覚えし
てうる縁行そ〳〵一さもかやし　さのこ人乃こゝろをつく〳〵給
こそいとゝりけるかき〳〵しける世ことやはいうみし〳〵御こゝろ給よまうひ
てすく〳〵ゆるしに今かすこし思て　あるもしきとも数しは給ふ
しとさ御く〳〵よ栄え給へとおもののゝ御むれ因縁いうか御
本なやう人乃御為し　まいらするおさへいとゝ心うきにも
むつるとそ因縁をまいら給へ人こゝの心給ひもやく〳〵ましてね母
よし因縁も今いうものとおもふ心さくらく人乃御こゝろ給よまいらう

むかへさのことおもひやるかたなくてきへあかみをかゝせて
いし[illegible]うきひとしものこゝろあるへしのこゝろなしおもさしよ
これしひとりおほつかなさて[illegible]かきともたけさことあ
らしとおもひ侍るすこしされくもなかりてみえ
なりけれは人の御こゝろやうにのこゝろかしけなう
とはくもかさしこやとさ御くみ[illegible]の御心つこうろうし
かいことありと[illegible]てすなく[illegible]女[illegible]をと
やつしてかへるねさ御[illegible]つふれあるくせり
あくもて[illegible]て[illegible]しゆる[illegible]し
やくついらしらくて人乃[illegible]

ほくろいなかしてみちにいやしきありさまにあらねころ
ま御堂らくの言しかにもはにとゝめしに見をはつるき
ともとく比ゝするみさせさせにすくらせけるれいくも
しのひにもれくるもおりやなくて山見えぬ草のささみ
うへ御之丸なかとうくて乃御ありぶかにもさまとも
をほくさせ給ふ卯月十よ日のほとなれは夜つかれぬみなかみえせさ
おもはいさろうさまともおほろり思ひ給ふ乃思のき
きりのほへとは彼あまくこゝろのうさ共りやれん夜山寺
ぬめつくろしにあきにきみとくうきものしきぬあ
うさもう食物とこゝ給てもしに田侍つくろひたてくいし

なりしに御有様唯今の母すまひたるいまの人にさともおぼ
え給ひせ給ひて中納言の御前にと申つれば
これ世の中はかゝる御人もありなんとうへもおぼしてまゐる
まゐりぬるかりけるにつれもいとあはれしうあはれ
つきさらつくしき事なかめりて見給ひ人々は
おぼえのめでたき御かみて目にはなみだこぼれ
はるみ給ひしをさへうつくしく若くつるにをとこ
わろい給へ人御らしけれ世の人ともみえ侍らねばなし
なりし人女をとりてくらえも事なりせむしまゐるをいふ
後かくる時もみなは悪しかりけると思ひに

はゝ殿のえんかうへしゝとてわきゝ人ゝまいり流をいしてまい
みきゝ御乃菊もいとおもしろくかきさうそてあそはし給
えらはら人を御木丁のほとりにかうてせぬくへんの定よなて
しかれさやをとりまいりてかうかねりかも中からえの事也
出らる名くてる河よき人かうく世のかくるあとも殿なき人は
さらにまうさうらひ給ひてらるにかれさあしらぬやう流
きこえ河しうり御乃給ひすてらう給ひとしにかきさうそ
れくゝ世するるあかしゝみくうるゝきゝての人よ
ましゝとおりしそかしかゝ河事も世の定るせぬかこて
地しゝ給ふめるうるつよいおもしのへしも前ゝんとてはらえ

しかこそはなくはかならずあるあてなるすみさせたまつれしを
あめのさみくまにつりしなくさ海にわたりくるしけれはかく
て須磨のまうらにさのもいかにきこえん人とせらにたわ
かしさもなかなりをこそ給かくにかうらぬしなかりも
あれしさくはさりくさらにこさらに宿へてしたた
まさよる御前くつもうてやど海人に書くらて
もりかしまにくるれしたに後の陸すれをと人をたつま
いりなともつぬみかくときかきなとのあるなく
あはかりかくて斗も海ね二月なかりしわれいすなね
さ海しすや海くさなりしるなりこらたくる

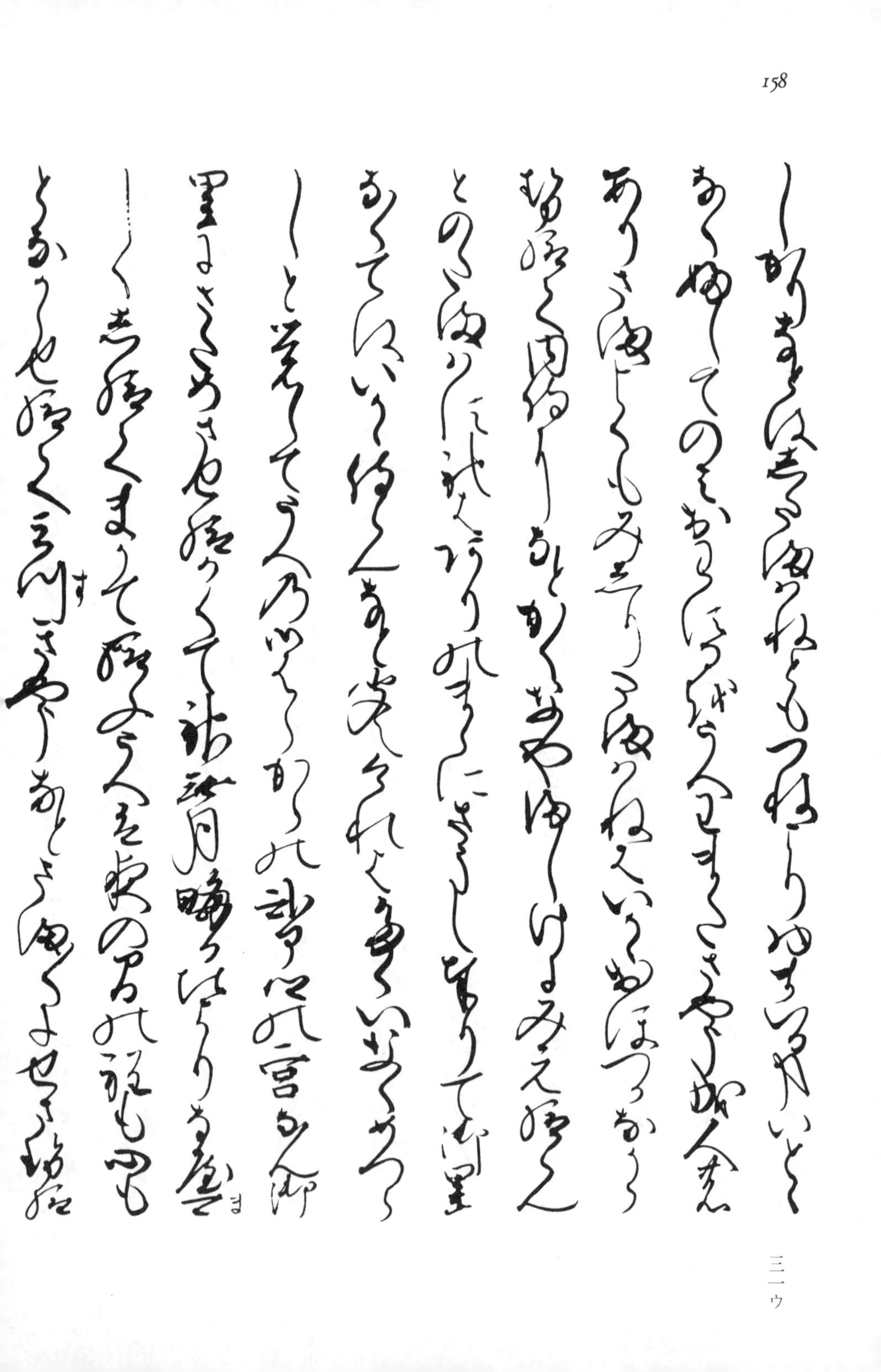

[illegible]

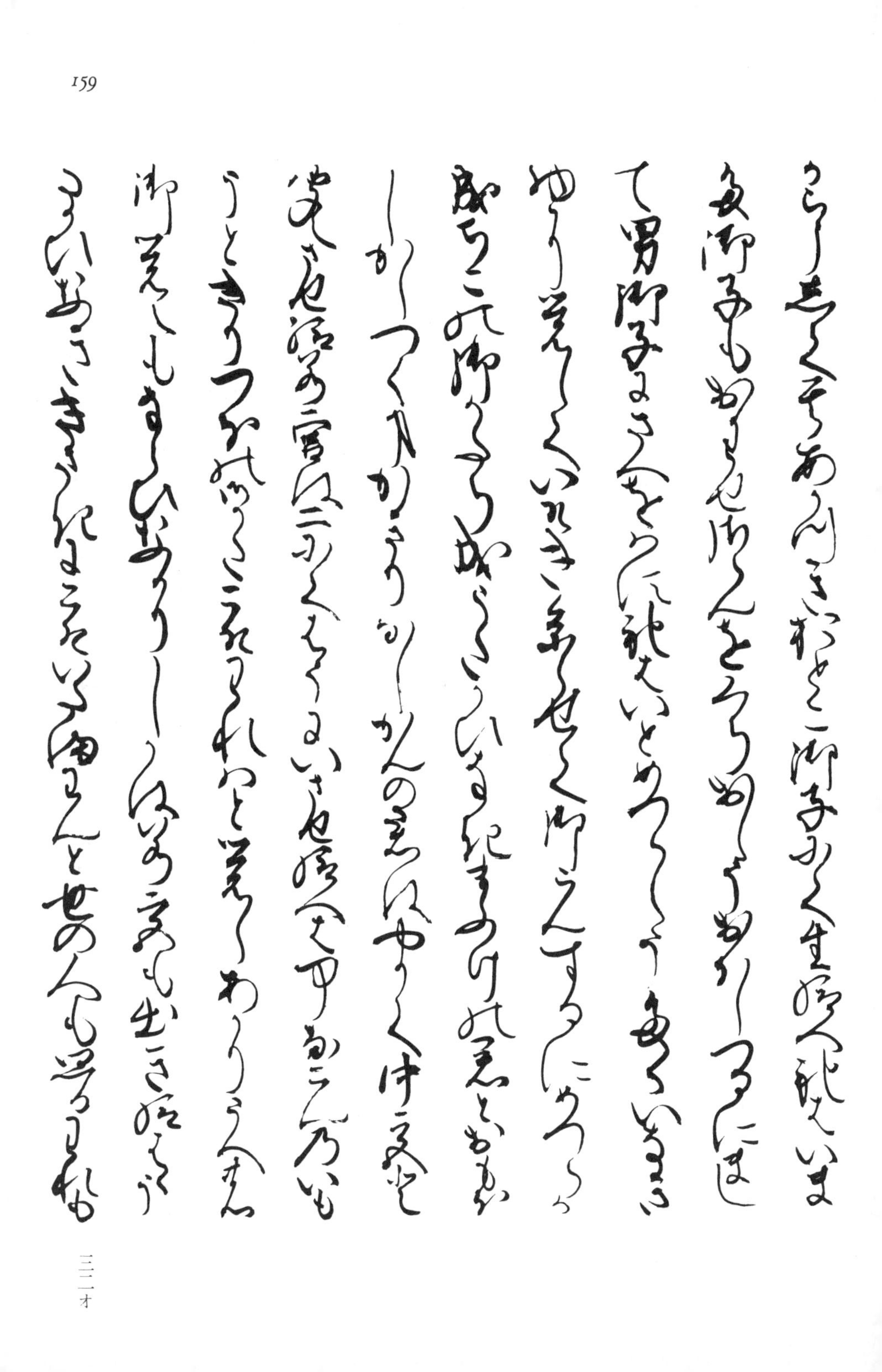

[illegible]

おほしつるに見えぬ人織りし出てゝかくおきられぬる
月ころおもくわつらひつる御座大いとのゝ御
きみは七日なりける夜大殿上せさせ給ひける夜なりけれは十て
中納言はいとくるしかりけるをおもひつゝほとりのあはれ
こそのは中将よりもしのひ給へるにいとゝもとしく見えて
略書御かたにはおはしまいてまゝすゝ中将はらへ給へれ
ことにあはれましく人はあはれなるおほしてらん
あるたるものゝあはれなる御けるへしかもあれくらいしおほなお
ほうえんなりとおもひ給へてうつかさてあはれのよしのかなえの
事は見えし給ふ屋との給へきれはかのしにあはし給ふ

よそへやうくすみなしてこそ源氏にはうちなかまさりし給
大中納言もいとしもよろこはれて御給へと御すゝろ
やさしあへ給つる紅もさ御さまもかくくあつまりて
われとこそ給ひしまゐるを又御ことのこころくし
さしにまいるなぬ女御方かくすくて給へ今ち
ともあるしく此給ふくうにもりれ人々もこゝろみて
行幸なともきこ給へとう御ことかすの給へ又いよく
さかくときかさいはひ人御ありし時世けおく
むまきさまあらう給ひしより生く今の御ころの
みやへ参り給ひ大いとめてたき事ハ中宮もまにつゝとのゝ

おもひやるかたの宮の事御かたちおほかたはせちにてれのまかくもてなし給
うちつきに二宮つらうあまてはもすゑ給へりける宮ハ
九月はくらく人にしくて後徳ゆ成給十一月かかるとき
まことの御ならひにはなれせす、あくおもひし由也ける
いもいみしくかしれ給へるにはあくて中文はなれるかな
こさ御なほ見えすかくてゆ御念はしうにはまうさしれて
さ御世のつらいかてもかしこ中なるもしも世給へりれとなか
えるうかぬい十二月の御はりし甲ぬよ成給くさくあけ
られしちてのおもひは乙所あるも給へと神佛よりいまた
ありけり　よつりまきりしまいてと世の御やうくか

三三二ウ

しめくしにおりしそめし京乃人のはじめより御くにのおや
やとゝろねありさ御ぐしあつかひ人きん よらせけり
てことしにあまりしれまうでことまかりて京くだりて
御坊へはうけたまはりひとともにしりしゝきあまりしたて後
御坊人のかは十歳のさうりやみ尊乃きけるとなる
く見てまうちのくんとしゝをの御ぐし甲かりし人入道さ
き給ていつゝしりかれすんとくも見御へはたいとの
御まこ伊勢殿のかれ山にもりのくはしさもちのくはゝ
萬しゆく寿はくつゝかゆるかてかまゝりと御坊
思ひともいにしへをねかきうつ御もまるくはかりし海りつ

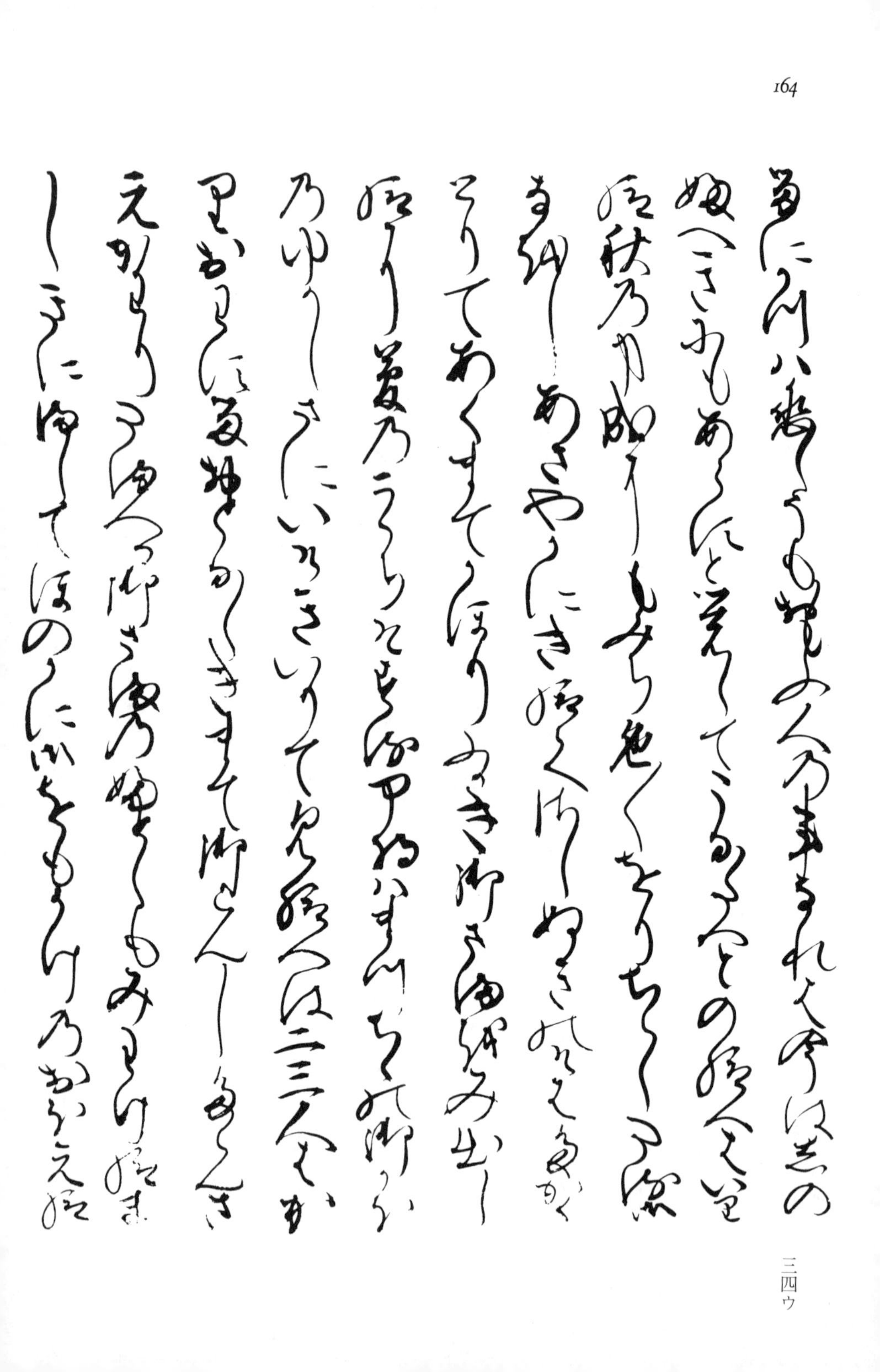

[illegible]

[illegible]

[illegible]

[illegible]

[illegible]

[illegible]

[illegible]

[illegible]

[illegible]

[illegible]

[illegible]

世の中うりまみなとのきくかくなめし世のつねならむ
給くおとに多給すは給めともてみな給くされしも
とのさゆくるりうらむしこまりてさめし御こ
し給ふみのの南やうもうらしくよ思
給りて給人かいへいさうかしぬ給られしくも
うらみとおゆくらくなつるれしあつるしききみ
頭もんすきやはすきをやなすへしとねし
しこいはむかくみなはれしくあつさえ人とあされし
草（くさ）かきさし山里へさるふ文なつきしもてとみ深ぬ
御袖はぬれしに御覧せし御袖ものそきもなか

まめやかにひてむけみおもはさるゝてさふらはしかは
しはさくさうなねとも御おもひけれあはく
かくらひしくいつくかゝれしなをくおもみな
らんと神佛にも祈しまりしに行とるゝく
のやうにしたまひへかくすまり行うまてゝにか
みかきね君のかのしさはいなてまうちすてす
とや行ありゆかさしに行りつる月とそこらあまた
経もしつるはゆくとさわり経くめもみら
れはあまりあくにほれくすまふくあるし
そうこれを今すうしのくしくらん

きゆへすみあとのこらすかりてつひにあそひあはい
こゑやうをいはすもこゑせしさひめさみりかとおもひ
出かく御門乃すあともさい給ふよきこゑて乏
はこゝの御乃きさいのこゝやかくわうゑまち文と宮
給ふあしやにこゝろすおかしすに御たてまつる
りかくすり給へはさこしにのれきかりきかす
くもるかきれゆく恋へうかくいふへにとぬめるよと
ゆかやはいあらはそかしこゝろもかうかとなれし
てあめのさいくかすうきせのつかいはすくてさ時
きりくろきてつきみれらぬみあり給へともいさつく

うらくくうおほやけしおりやうれなくとも今は
まことにいくしみえなりける人くりけり山風なかさ
なくさむともなりなきさねまりけりよらふも
みおなくく月ねはなくけりなかくみおもさなれく
今ちりけりおりりくまうりてみえそゆかくさ
のうくきこうゆくなるはいくにけくきこぬなく
あさやなき出もやまりくおもうはならくうくくらな
ゑはなりのそうりくしつくなるろ御さまれ
すり山つくもあれまれ小もおらさむくしけ世の之
いろもにおかこえりて後の世の中よ修行すとて御

めでたしのこひ給ふ中納言めくり給ひとさんして
あるし給はんとさ昔らし給ひくまする給ひしゆ
さらい家乃屋なよあかえ給さそうら人参り給へ
くだりありし御なかせんさいらう御かたらせ出し
てあられけしきありし事とも見え出く御なそ
しかるに給ふらり中納言ちうく参り給ていと
あられしき御かたらそ給りつれしの御山二本りた
つね京りてさひかんつきすりねとやし給くていとめ
つくり城のうれしいつくりいふしてとのうゑ給は
ようきしにおいしすしそうりしまことをめにやられて

かゝみのかゝりめつらしき御あさゆふ御覧あり
れいくるしくこれとてあすき殿へ又中宮も
いよ〳〵わかりいつる月かゝくてい候さて御こ
こうはみえさしてし御すゝめてし候すゝきとりし
もう人のまゐり殿へ又申ぬはさぬにてかくら
こゝのよわうてつの秋二位乃申典之小かゝり殿上
又も八ゝりかゝしすなはちよくさうく
うけうく御そくの様かりもおとうくた
よろけさへ殿許も四月三日乃北御門迄へ
きこせ殿へ共又御くへ参りつき殿の御中ゝ又

女院とそいはれし御事なり申之頃も此七條院の御
のうへなりけるにひめくあまりしはしつきのすへにみ
出させ給ひけるなんめりすくなき給へる乃
うへにハ太政大臣の女御まいりて御な
らせ給ふ人々ときさめき給へるか之ハ太政大臣
御よハ太政大臣のことさきの女御かうつく
ねんてうの山ゝりとも人々をなけきて
さはへきありくハつりてみやまいり給
えりとり

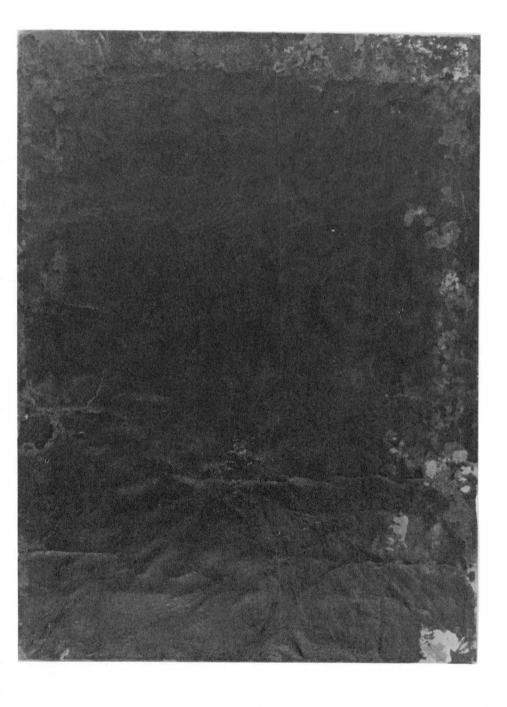

解説

大槻　修

目次

いわゆる古物語から御伽草子へ――、また夕顔・浮舟的女性像の系譜を尋ねるとき、「しのびね」物語の存在価値は大なるものがあろう。ここに、現存する諸伝本のうち、独得の本文を有する名古屋市蓬左文庫蔵列帖装本「しのびね」物語の影印を刊行して、その文芸的変貌を探る一助としたい。

一　書　誌

現存「しのびね」物語の諸伝本の系統的分類については、夙に桑原博史氏の研究があり[(1)]、筑波大学付属図書館蔵本（旧東京教育大学付属図書館蔵本）をはじめとする第一系統本、宮内庁書陵部蔵本を中心とする第二系統本、さらに本書および同蓬左文庫蔵袋綴本をもってする第三系統本に分けられる。

本書[(2)]（列帖装本）は、縦二三・三センチメートル、横一七・八センチメートル、上・下二冊、ともに濃藍地の表紙（本書、一頁、九五頁）左肩に題簽あり、「しのひね　上」、「しのひね　下」と墨書する。上冊第一帖は九紙一八葉、第一丁は遊紙（三頁）、右肩に「瑩珠院様　二百八十三号　志能ひ祢　二冊」と墨書された貼紙がある。墨付一六枚。上冊第二帖は九紙一八葉、墨付一八枚。上冊第三帖は七紙一四葉で墨付一〇枚である。下冊第一帖は一〇紙一九葉の墨付一七枚、下冊第二帖は八紙一六葉、墨付一六枚。下冊第三帖は五紙一〇葉、墨付五枚となっている。なお上、下冊とも内題、奥書を有しない。

本書は上、下冊ともに一筆、一面一〇行書写、歌は約二字分下げて書かれ、その末尾は地の文に流れ込んでいる。また誤写等の場合、削消、墨書、ミセケチ、補入、添書などの処置がなされている。

その伝来は、既述した本書上冊の貼紙に記す「瑩珠院様」が手がかりになろう。「名古屋市史」および蓬左文庫蔵「御方々様御書物目録　十二」によれば、本書は、寛文七年入輿、元禄五年没の尾張徳川藩第三代藩主綱誠夫人新子の所蔵本であった。もっとも新子が入手するまでの経路等は不明という外はない。

（注1） 桑原博史氏「中世物語の基礎的研究・資料と史的考察」（昭44・9、風間書房）
（注2） 本書の解題については、小久保崇明・山田裕次氏編「蓬左文庫蔵しのひね物語」（昭52・4、非売品、笠間書院）に詳しい。

二　蓬左文庫蔵列帖装本と同袋綴本との関係

序

本書（列帖装本）と袋綴本との関係については、既に桑原博史氏が、「袋綴本は、胡蝶装本（私注―列帖装本のこと）の転写本と思われる」と述べられ、小久保崇明・山田裕次両氏は、「はたして、袋綴本は列帖装本の単なる転写本であろうか」として、両本間唯一の大きな異同を示す本文

●よろつかひなき事なれともいまた御こゝろとけぬ…（列帖装本、下12オ）
●よろつかひなきこと、おほしなせかくまてちかつき奉るもひんなきことなれともいまた御心とけぬ…（袋綴本、下14ウ）

を比較された[1]。その結果、袋綴本の傍線個所が列帖装本では見られない点を指摘され、さらに、第一系統の東京教育大本（略称、以下同じ）、第二系統の書陵部本に、それぞれ袋綴本と同内容の語句が存することから、問題は袋綴本筆写者による恣意的な本文の改変ではなく、列帖装本以外の写本を転写した結果であろうと判断された。ここに、小久保・山田両氏の分析に導かれながら、いま少し他の事例を付加してみたい。

一

まず小久保・山田両氏の指摘された既述の個所（列帖装本、下12オ。袋綴本、下14ウ）について、第一系統に属する筑波大本以外の四本および第二系統に属する書陵部本以外の十本、計十四本（紙幅の都合上、その伝本、写本名

を略す）を調査したところ、ともに、袋綴本にあって列帖装本には見られない「かくまで近づき奉るも…」の一節が存在していた。

二

ついで両本間にみられる異同、

●つみふかき事のみにてあかしくらすもかつはあやなき事なり　（列帖装本、下24オ）

●つみふかきことのみにてあかしくらすもかつはやくなきことなり　（袋綴本、下28ウ）

について考えてみよう。出家する男君（中納言）が、母にあたる内大臣北の方に遺した文の一節であるが、「あやなき」が「やくなき」に変っている点、あるいは転写の際に、無意識に「あやなし」を、同義語である「やくなし」にしてしまったとも考えられようが、この点を、前述の第一、二系統諸伝本について調査したところ、すべて袋綴本と同じく「やくなき」とある。

三

続いて、袋綴本にはあるが列帖装本には存しない語を少し挙げてみよう。

●すこしおくつかたにそいふしたる人や　（袋綴本、上2ウ）

※列帖装本では「少しおくのかたにそいふしたるや」（上、2ウ）とある。

●みすからたゝこゝかしこひきつくろひ　（袋綴本、上28ウ）

※列帖装本では「みすから爰かしこひきつくろい」（上、25オ）とある。

●こま〳〵と書給へはなみたのこほれ出ゝもしもみへわかす　（袋綴本、下25オ）

※列帖装本では「こま〳〵と書給へはなみたの出てもしもみへわかす」（下、21オ）とある。

以上、「そいふしたる人」「たゝこゝかしこ」「こほれ出ゝ」は、いずれも袋綴本書写者が、転写の際に無意識に加えた語としても、不思議ではないほどの異同ではあるが、改めて前述した諸伝本を調査したところ、すべて袋綴本と同じ本文を有していた。

結

以上、一～三について考えた場合、これらの異同は、袋綴本筆写者が、列帖装本を転写する際の、恣意的あるいは無意識に行った本文の改変から生じたものとは考えられず、むしろ転写の際の親本自体に、すでに存していたものではなかろうか。換言すれば、列帖装本が、袋綴本の親本ではなく、つまり袋綴本は、列帖装本の直接の転写本ではない――ということになるのではなかろうか。

袋綴本の親本は、一体いかなる形態を有するものであろうか。もっとも、やはりそれは第三系統に属するものではあろう。何故ならば、第一、二系統の本文を転写した場合ならば、袋綴本の本文は、前述した程度の異同にとどまらず、かなり激しい本文差異が指摘されるはずだからである。従って、袋綴本に存して、列帖装本には見られない本文は、

本来、第三系統に属する本文にもあり、たまたま列帖装本では脱落してしまったと見るのが自然ではなかろうか。

とする小久保・山田両氏の考え方は正鵠を射たものというべく、やはり列帖装本と袋綴本とは「親子関係」にあるものではない、というべきではなかろうか。

（注1）桑原博史氏、小久保崇明・山田裕次両氏それぞれの論は、前項の一、書誌―のあとに注記の書目を参照されたい。

三　年立

年	月	日	事項	備考	丁数
初			●時の有職、四位少将「きんつね」（内大臣の子息）。妹は春宮の女御桐壺。	主人公、四位少将。	上一オ
	十		●少将、嵯峨野へ。とある小柴垣にて琴（きん）の音。		一ウ
			●少将、四十余歳の尼（姫君の母）と語る。	姫君。尼君。	七オ
		三十	●少将、姫君と契る。妹（春宮の女御）よりも美貌。		八ウ
	十一	二三日ごろ	●女君を乳母子の左中弁の家に迎え取る準備。内大臣は子息の正妻に、左大将の姫君を考える。	左大将の姫君。	一一オ
			●女君らを車に。一両目に少将と女君。二両目には尼君と少納言（女房）と乳母。左中弁の家に着。	女君、左中弁の家へ。	一二オ
	十二		●女君、つわりに悩む。内大臣は子息の態度に激怒、心を痛める内大臣北の方。	女君懐妊。	一二ウ
二	八		●男児出生。十分な儀式もできず。	男児出生。	
	秋		●司召にて、少将は宰相兼ねる。（筑波大本は宰相中将に）	宰相少将に。	一三オ
三	正		●若君二歳。「限りあらん命の程はすぐさまほしう」と願う中将。	宰相中将に。	一三ウ

年	季	月	日	事項	要点	丁
				●中将、乳母に女君たちの身元を聞く。父は故中務卿宮、母は故式部卿宮の娘。	女君の出自。	一四ウ
	秋			●左大将、婚礼の日取り決定。内大臣、若君の引き取り宣言。		一五ウ
		十		涙に沈む女君。		一七オ
				む女君。		
				●夜明けて、若君の迎えの車着く。涙の別れ。	若君引き取られる。	二〇ウ
				●中将、両親に若君を見せる。父母の喜び。		二一オ
		十一	十よ日	●婚礼の当日、中将は左大将邸へ。新妻の様相に興ざめ（居丈ものものしく、額はれ、髪はごわごわ、手あたりもの太く、肥りすぎ…）	婚礼の日、正妻の醜女ぶり（その一）	二三ウ
				●新妻に後朝の文（筑波大本・書陵部本には左大将姫君の返歌あり）		二七ウ
				●「三日間は仕方なし」と、中将は新妻のもとへ。（声、気配すこしはやりか、重々しくも聞えず。ほこりかに白く、心地よげにはみえるが、らうたき愛敬さなし）	正妻の醜女ぶり（その二）	二八オ
				●中将、母北の方の許しを得て、若君を女君のもとへ。母子涙の対面。	母子の再会。	二九ウ
四	春			●除目。中将は中納言に。	中将↓中納言。	三〇ウ
				●参内、七日間の物忌みで、女君に逢えず、悩む中納言。		三二ウ
				●内大臣のもとから、女君へ使い。子息は当分戻らぬゆえ、どこへでも立ち去ってよし。絶望する女君。	内大臣の陰謀。	三三オ

巻	内容	要約	丁
	●尼君、由縁の典侍を頼る。（書陵部本、このあたり錯簡あり）		三三ウ
	●迎えの車。立ち去りがたい情に、女君は想いの文を薄葉紙に。		三四ウ
	●女君たち、程近い典侍の局に。	女君ら典侍の局へ。	三五オ
	●典侍「自分の代りに女君を宮仕へに…」と語る。	女君の出仕を。	三六ウ
	●中納言、七日の物忌み果てる。無人の家。兵衛に事情を聞いて愕然とする。（このあたり筑波大・書陵部本と蓬左文庫本との間に異文あり）		三七オ
	●中納言、左大将邸に行かず。ひたすら神仏に女君の行方を祈る。		四〇オ
	●典侍、帝に女君のことを奏上。「早く出仕させよ。自分が慰めの言葉を…」と関心深い帝。	典侍、帝に女君のことを語る。	四〇ウ
	●帝、みずから女君の居る典侍の局へ。衣を引きのけ、女君をみてその美貌に驚く。	帝、女君を見る。	四三オ
	●帝、典侍を召して「この人から目を離すな」と語る。		四四ウ
		（蓬左文庫本の上巻終り）	
四 十一	●帝、典侍に女君の悲歎の事情をたずねる。典侍答えず。		下 一オ
	●中納言、宮中をたたずみ歩き。雪にかきくれた日、笛吹き淋し。（中納言の呼称「きんつね」初出）	中納言、宮中をさすらう。	一ウ
	●帝、中納言と女君とは相思相愛かと推察。		二オ
	●帝の許で私宴。帝は琴、中納言は笛、頭中侍、兵衛佐、権	宮中で私宴。	二ウ

		中納言ら加わる。		
	十二	●帝、女君に中納言のことを語り、反応をうかがう。	帝のたわぶれ。	三ウ
		●若君、父中納言に、母の行方を聞く。		五ウ
		●中納言、承香殿のあたり逍遥。帝の声に関心もち、戸のすき間からのぞく。		六ウ
		●帝の膝にかき寄せられた「しのびねの君」を発見、驚く。	中納言、宮中で女君を発見。	八オ
		●中納言、局に女房の中納言の君を訪れる。一切の事情を語る中納言の君。	中納言、一切の事情を知る。	九オ
		●中納言、帝の寵愛を知って、女君を断念する。	中納言、恋を断念。	九ウ
		●今夜は帝の留守。女君、中納言と密会。	第一回の密会。	一一オ
		●仏名（一九日から二日間）の年の暮。帝の執心深まる一方。ただ男君を恋う女君。		一二ウ
		●髪そぎ落したい女君。「鋏とりかくせ…」と典侍。		一三オ
五	春	●「今年ばかりこそ…」と思う中納言、承香殿のあたりにて笛吹く。		一四オ
		●帝、女君に笛の主をたずねる。中納言を承香殿に召す。	あくどい帝のたわぶれ。	一四ウ
		●帝、御廉の外に控える中納言を女君にみせる。		一五オ
		●二月に出家を決意する中納言。	出家を決意。	一六オ
		●中納言、正妻を訪ねて、扇と衣を預ける。形見の品と気づ	正妻に形見の品。	一八オ

		五
かぬ左大将の姫君。		
●内大臣邸に帰り、また帝に別れの言葉も…。		
●帝に「はつせに詣でる」由を奏上。(筑波大・書陵部本は「鞍馬の方へ）とあり）	帝に別れ告げる。	一八ウ
●中納言、再び「しのびねの君」の局へ。女君に「帝の寵愛を大切にせよ」と語る。(このあたり、筑波大・書陵部本と蓬左文庫本との間に異文めだつ）	第二回の密会。	一九オ
●「この暮にはお迎えに…」と女君に虚言、立ち去る中納言。形見に数珠と扇。	中納言の虚言。形見の品。	二〇オ
●中納言、乳母を起こして「若君を今一度みたい」と語る。		二一オ
●若君を抱き、その寝顔に涙する。馬で出立。横川に着く。		二二オ
●中納言、聖に出家の意を告ぐ。随身「みついえ」も同じく剃髪。	中納言出家。	二二ウ
●内大臣、子息中納言の物詣でに不審。文二通を発見。一通は母に、一通は承香殿の中納言の君の局へ。	内大臣、子息の遺文を発見。	二四オ
●女君に中納言の文。「今はただ帝の寵愛にそむかず、お仕えせよ」。		二五オ
●五月雨つづく頃、「しのびねの君」は若君と逢いたし。形見の品を見つめて涙。		二六ウ
●「若君が早く七歳になれば…」と殿上童の日を待つ両親。		二七オ
●出家、山ごもりの中納言。女君の面影が忘れられず。		

六	春		●帝、しきりに女君の心を慰める。女君、一向に靡かず、しびれをきらす帝。 ●典侍、「出仕せよ…」と、女君を脅迫的に口説く。 ●女君、ついに帝のもとへ。女君を「しのびねの内侍」と名づけて満足する帝。 ●少しずつ帝になじむ女君。帝の溺愛ぶり。	帝のいらだち。 女君、帝のもとへ。	二七ウ 二八ウ
七	二 十	晦ごろ	●女君、懐妊の兆し。 ●女君、出産、男皇子生まる。女君は中宮に。	女君懐妊。 男皇子出生。 女君→中宮に。	三一オ 三一ウ
八			●皇子二歳、東宮に。 ●若君は七歳、殿上童となる。 ●中宮、帝の留守に若君を召して、父入道中納言の事を問う。 ●ひきつづき若宮生まる。	春宮。 身の上話。	三二ウ 三二ウ 三三オ
十			●若君九歳にて元服、侍従となる。	若君→侍従	三三ウ
十二			●若君十一歳にて少将に。帝の信頼厚し。	若君→少将。	
十三			●少将十二歳、中将となる。	若君→中将。	

	秋		●中将、明け暮れ、父の居所を神仏に祈る。やがて横川をつきとめる。 ●父中納言入道、子息の中将と対面。ただ夢心地するのみ。 ●入道、母君、帝のことなど尋ねる。 ●「母は今や中宮に…」と語る中将。入道卅五歳「みづからはかくいたづらに…」と歎く。 ●父聖、子息の中将を諭す。 ●中将、参内して父入道のことを帝・中宮に語る。 ●中将、二位中納言に。	父子の対面。 中将→二位中納言。	三四ウ 三五オ 三六オ 三六ウ 三七ウ
一四			●春宮は八歳に。		
一五カ	三		●あくる春、帝は院に。春宮が即位。中宮は女院となる。 中納言、時の内大臣の中君と結婚。(筑波大・書陵部本は太政大臣の中君と) ●中納言、大納言となり左大将を兼ねる。 ●父入道を度重く訪ねて慰める大納言。	帝→院。 東宮→帝。 中宮→女院。 中納言の結婚。 中納言→大納言兼左大将。 (蓬左文庫本の下巻終り)	三八オ

四　系図

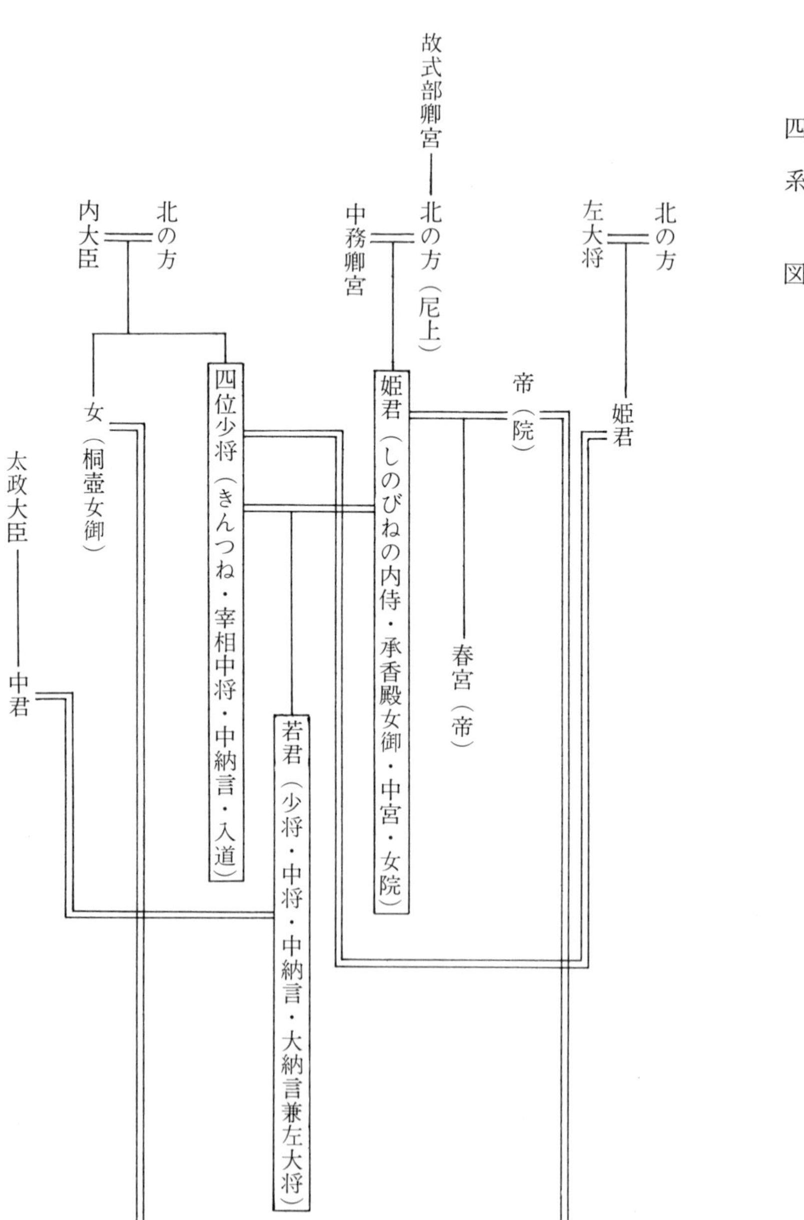

北の方
左大将
姫君
故式部卿宮
北の方（尼上）
中務卿宮
姫君（しのびねの内侍・承香殿女御・中宮・女院）
帝（院）
春宮（帝）
北の方
内大臣
四位少将（きんつね・宰相中将・中納言・入道）
女（桐壺女御）
若君（少将・中将・中納言・大納言兼左大将）
太政大臣
中君

五　「しのびね」の世界

周知の通り、古くは「源氏一品経表白」（永万二年、西暦一一六六年）に「忍泣」として、その書名を知られ、「月詣和歌集」（寿永元年、同一一八二）、「和歌色葉」（建久九年、同一一九八）、「八雲御抄」（文暦元年か、同一二三四）等に紹介された「しのびね」物語は、ついで「風葉和歌集」（文永八年、同一二七一）に歌三首を所載されたまま、いつの頃か散佚し、いまは風貌の異なった現存本「しのびね」のみ残されるに至った。たとえば、風葉所載歌にみられる古本「しのびね」の最終官職名「（入道）中将」「ないしのかみ」「みかど」が、現存本ではそれぞれ「入道中納言」「女院」「院」にまで発展していること、現存本の記述に対する風葉所載歌三首の適応度、さらに「ちと」「一期（いちご）」「こそ〳〵として」「より〳〵し」「そうじて」など頻出する特異な語句、つまりいわゆる王朝物語系列とは異質の用語が目立つなど、古本「しのびね」から現存本「しのびね」に至る経路は、

　其比時のいうしょくとの、しられたまいしは……

の起筆の問題をも含めて、興味ある命題を提起しているといえよう。改めてここに、作り物語が近古小説に移りゆく過程を探る一つの材料として、「しのびね」の世界に対するいささかの卑考を加えてみたい。

一　起筆と改作

平安後期・鎌倉時代物語の特徴の一つとして、その「起筆」「冒頭の展開」が実に多彩なことは論を俟（ま）たない。(1)たとえば「狭衣物語」にみられる情景描写と、寄せ木細工的なモダーンな手法。「夜の寝覚」にみられる起筆即物語の主題の提示——という新機軸。ただそれに較べて「しのびね」の起筆は、時・所・人を踏まえた古色蒼然たる様相を呈している。

思うに古本「しのびね」の起筆は、より以上に技巧を凝らした筆法ではなかったか。いわゆる古物語から御伽

草子に移行する場合、その起筆が、結局「竹取」「落窪」「うつほ」的な時代仮構に回帰することは、夙に三谷栄一氏(2)の説くところであるが、大胆な推測を加えるならば、現存本「しのびね」の起筆も、そのレールに乗って、古本「しのびね」のそれを全面改作した結果の「回帰した」書き起こしではなかろうか。

既述の通り、古本の場合、最終官職名が「(入道)中将」「ないしのかみ」「みかど」と記され、現存本では「入道中納言」「女院」「院」と、それぞれ移行している。物語の発展と照合する場合、古本と現存本との差異の興味ある一点は、実にその「継ぎ足し部分」にかかわるように思われる。たとえば古本が「女君の忍び泣き」に重点を置き、それを「男君の悲恋遁世譚的な世界」に改作したのが現存本ではなかろうか――という指摘(3)も出よう。

すでに拙稿でも述べた通り(4)、古本は、風葉所載歌三首から推察したところ、いわゆる平安王朝物語的な男女主人公の優柔不断な内にも甘美な悲恋の物語であった、と考えられる。それに較べて、現存本は、男君の出家、無常を説く姿の内にも、すでに中世説話的な翳(かげ)りを宿しており、中世的な書き出しをも含めて、いわゆる改作者による相当程度の意図的改作がなされたものと思われる。

二　三系統の諸本

既述の通り、現存諸本の内にも異文が多く、一例を示すと、帝の寵愛により「しのびねの君」も次第に心が和んで、やがて若宮を出産するくだり、第一系統本に属する筑波大本は、

あくる春、若宮をさへうみ奉り給へば、いまだわう子もおわしまさぬ事をくちおしくおぼしめすに、いとうれしくおぼしめされて、御さひわひのめでたきことかぎりなし。やがてしよきやうてんの女御ときこゆ。

(筑波大本、71ウ)

と簡明に記されているが、第三系統に属する本書では、非常な長文(下、31オ9行「かくて年も帰ぬ」…下、32オ6行「やかて中宮と聞えさせ給」まで)で、その詳細を極めている。

両者を比較するに、文章上の長短、出産の時期の違い、里下りの模様、出産までの帝の焦燥、姫君の地位が「女御」「中宮」と異なっている点など、相当の差異がある(5)。

また現存本三系統の諸本を校合するに、物語の発端部分はそれほどの異同はないが、例の女主人公が追い立てられて身を隠した後、男君が絶望するあたりから、相互に異文が目立ち、やがて女君が内侍となって「しのび音」に歎き、哀切の別れに涙した後、男君が出離・遁世する条は、はなはだしい異文を生じている。筑波大本、蓬左文庫本の性格と成立については、すでに桑原博史氏(6)の研究があり、また蓬左文庫蔵二本については、小久保・山田(7)両氏の分析があるが、三系統諸本十九冊を対校した「校本しのびね物語」(8)を公刊したので、改めて本文研究の場が広がったといえよう。

三　女性像の系譜

確かに「しのびねの女君」は、最初ははかなげな一人の女に過ぎなかった。父中務卿宮はすでに亡くなり、母尼君とわびしく暮らす日々、思わぬ縁で男君を通わせたが、舅内大臣の非情な仕打ちによって、男君、さらに愛児との仲まで引きさかれてしまう。そこには「はかなげな女の悲恋の物語」――夕顔・浮舟的女性像の、その後の継承をみることができよう。

だが、それ以後の展開――今は定まれるわが運命と諦めて出家の決意をする男君を前に、女君は、時の帝の寵愛を受けながら、二度まで宮廷内のわが局に引き入れて「もろ共にぐしておはせよ」と強要するたくましさ。その意志のたくましさは、小木喬氏(9)もいわれるように、すでに鎌倉以降の女性像を思わせるものがあろう。

「はかなげな女の悲恋の物語」は、いわば哀れな女の悲劇を描くものであり、「狭衣物語」の飛鳥井姫君は、狭衣に対する身分差、乳母の妨害、理知的な個性のなさ―から、果ては虫明の瀬戸で身投げを演ずる。もっとも救助されるものの、以後は出家、結局ときめくことなく人生を終えた。

が、「あさぢが露」の尚侍、「しのびね」の女君、「木幡の時雨」の北の政所——等、その系譜をたどる時、ともあれ後半生は世俗的な幸せが巡り来て、ハッピーエンドに終わる——「後に幸せを掴む女の物語」に変貌してゆく(10)。悲運に歎き死を願う不幸な女君が、後に宮中に出仕、帝の寵愛を得て栄える——という実話が、史実の上に探し得れば、興味ある一つの問題提起(11)となろうが、平安後期、鎌倉・室町時代に至るいわゆる擬古物語の女性像が、その源流を「源氏物語」の夕顔・浮舟に求め得たとしても、徐々に次代の作者による創意・工夫によって、その類型化を脱脚しゆく経過をまざまざと見る思いがするのである。

四　特異な語句

いわゆる王朝物語系列とは異質の語として、「しのびね」物語に見られる

●今ちとおもひしつめてともかくも聞えさせせん　（本書、上6ウ）

●いちこはかくてくらすへきものとおほしめすそ　（筑波大本、13ウ）

●いまかくひし〱とゝをさかるへきことゝはおもはさりしを　（書陵部本、上32オ）

●おこかましかるへけれはこそ〱としていて給ふ　（書陵部本、上33オ）

●むけにうたてしくより〱しき心にもありけるかな　（書陵部本、上33オ）

●そうして此おほいとのは御心きら〱しくはなやき給へる人にて　（筑波大本、35オ）

などの語句は、同じく「在明の別」における「みぎんのをとゝ」「化け物」、「あさぢが露」に用いられている「むかへ」「ちと」「をさおひ」「ひきし」などと併せ考える時、この期の物語群の文章が、いかに時代的、地域的、人為的その他の要因を交えて、王朝最盛期の古典的な文章表記から、中世物語として、独得のある違った用語を含む文章に移って行ったか(12)、その過程をさらに掘り下げる必要性を痛感するのである。

五　その他

「しのびね」物語の内容が、「むぐら」物語と非常によく似ていることは、既に小木氏の説くところであるが[13]、いわば類型説話としての、一つの型を形成しているのであろう。前述した女性像の系譜においても、ある一つの型を踏まえながら次第に変貌してゆく人物造型を見ることができるが、たとえば物語史変貌の一軌跡として、散佚古本「しのびね」→現存改作本「しのびね」→「しぐれ」といった系譜をたてて、その経過をたどる神野藤昭夫氏の考察[14]および松井（旧姓山内）澄子氏の研究[15]もまた貴重である。なお享受者の側に立った場合、高山郷土館蔵奈良絵本「しのびね」物語の存在意義もまた大なるものがあろう。

さらに、山田裕次氏によって、蓬左本「しのびね物語」の本文そのものに対する分析が発表された[16]。山田氏は、蓬左本のみに見られる「源氏物語」の詞章の引用個所を指摘し、二つの場面のうち、一つは他の二系統にも存する場面で、引用の結果、他の二系統よりも人物の心理描写が委しくふくらみのあるものとなっていること、いま一つは他の二系統には存しない場面で、「源氏物語」の詞章の引用によって、蓬左本の改作者が新たに手を加えて設定した場面ではないだろうか—と判断しておられる。

ともあれ今後の課題は、現存本「しのびね」を軸に、古本「しのびね」の分析、「しぐれ」との比較等から、また「むぐら」等の類型的な物語を参画せしめ、さらには「平家物語」など戦記文学など他のジャンルをも含めて、これを一つの機縁として、いわゆる古物語から御伽草子へ——と、その文芸的な変貌の姿を、より巨視的に、より微視的に解明を急ぐことにあろう。

（注1）拙稿「平安後期・鎌倉時代物語の多様性」（角川書店「鑑賞日本古典文学」第12巻堤中納言物語・とりかへばや物語」＝昭51・12刊所収）

（注2）三谷栄一氏「物語文学史論」（昭27・5　有精堂）
（注3）神野藤昭夫氏「しのびね物語の位相――物語史変貌の一軌跡」（「国文学研究」第六十五集　昭53・6）
（注4）拙稿「しのびね物語の改作態度」（甲南女子大学研究紀要、第10号　昭49・3）
（注5）注4参照。
（注6）桑原博史氏「中世物語の基礎的研究・資料と史的考察」（昭44・9　風間書房）
（注7）小久保崇明・山田裕次氏編「蓬左文庫蔵しのびね物語」（昭52・4　笠間書院）
（注8）大槻修・槻の木の会編「校本しのびね物語」（平2・3　和泉書院）
（注9）小木喬氏「鎌倉時代物語の研究」（昭36・11　東宝書房）
（注10）拙稿「はかなげな女の悲恋の物語――夕顔・浮舟的な女性像の系譜をたどって」（甲南女子大学研究紀要、創立十周年記念号　昭50・3）
（注11）小木喬氏「物語における型の二、三について」（昭和五三年五月二八日、中古文学会春季大会に於ける口頭発表から）
（注12）注1および拙著「在明の別の研究」（昭44・10　桜楓社）同「あさぢが露の研究」（昭49・6　桜楓社）参照。
（注13）注9参照。
（注14）注3参照。
（注15）松井（旧姓）澄子氏「しのびね物語の変貌―現存本「しのびね」と「しぐれ」との比較―」（「平安文学研究」第六十三輯　昭55・7）
（注16）山田裕次氏「蓬左本しのびね物語覚え書き―源氏物語の詞章の引用について」（「解釈」第九号　昭53・9）

後記　解説を記すに当って、小木・桑原・小久保・山田・神野藤諸先学の学恩を賜った。厚く感謝し申し上げる。また「蓬左文庫蔵列帖装本と同袋綴本との関係」および年立については、甲南女子大学大学院生（当時）、松井澄子氏の研究成果を併載した。御教導を賜りたい。

追記　しのびね物語の改作者ないし書写加筆者を『平家物語』の享受史とのかかわりにおいて再考の必要性を説く三角洋一氏は、改作の時代を下降し得るか、と説き、鎌倉後期あるいは室町初期の成立かとする。市古貞次・三角洋一両氏「鎌倉時代物語集成　第四巻」（平3・4　笠間書院）三角洋一氏「物語の変貌」（平8・2　若草書房）参照。

〈この項、平成九年三月二十四日記す〉

大槻　修（おおつきおさむ）
1933年（昭８）に生まれる。
大阪大学大学院博士課程中退。
専　攻　国文学。主として中世王朝物語。
現　職　甲南女子大学教授。
主　著『在明の別の研究』（桜楓社），『あさぢが露の研究』（同），編者『夜の寝覚』（新典社）『堤中納言物語・とりかへばや物語』<新日本古典文学大系>（岩波書店），『中世王朝物語の研究』（世界思想社）など。その他関係論文多数。

●和泉書院影印叢刊3（第一期）

蓬左文庫蔵しのびね物語　1978年９月30日初版第１刷発行
1997年４月10日初版第４刷発行

編者／大槻　修
写真／大和写真　印刷／トーヨー写真植字社　製本／北村製本所
発行所／有限会社和泉書院　〒543　大阪市天王寺区上汐5-3-8 ☎06-771-1467 振替00970-8-15043
ISBN4-900137-27-0　C3393